CONTOS DE ODE[

ISAAC BÁBEL nasceu em 1894, em Odessa, cidade portuária às margens do mar Negro, na Ucrânia, então parte do Império Russo. Era filho de um comerciante judeu que o obrigou a estudar a Bíblia e o Talmude até os dezesseis anos. Nas palavras de Bábel, "a vida em casa era difícil: de manhã à noite me faziam estudar uma infinidade de matérias. Eu descansava na escola". Tratava-se da Primeira Escola Comercial Imperador Nicolau I, em Odessa. Lá, teve um professor francês que incentivou seu interesse pela literatura. Aos quinze anos, Bábel começou a escrever contos em francês. Em 1915 foi para São Petersburgo, onde viveu clandestino, pois não tinha certificado de residência na capital. Apresentou seus contos a vários editores, até que encontrou o escritor Maksim Górki, então editor de uma revista. Górki foi o primeiro a publicar seus contos, mas, percebendo a inexperiência do jovem, recomendou que Bábel fosse viver com o povo. Foi o que ele fez, entre 1917 e 1924. Nesse período, logo após a Revolução Russa, Bábel serviu na Tcheká (polícia política da época), no Comissariado de Instrução Pública, no Exército e na imprensa. Segundo suas palavras "só em 1923 aprendi a expressar meus pensamentos de maneira clara e sem me estender muito". Além de contos, sua obra abrange duas peças de teatro, roteiros de cinema, artigos de imprensa, memórias e cartas. Bábel teve três filhos com três mulheres. Sua esposa oficial foi morar na França em 1929, onde nasceu a filha do casal. Embora ganhasse bem com o trabalho no cinema e publicasse livros e artigos com frequência, Bábel gastava muito e tinha uma vida pessoal desorganizada. Mesmo assim, suas relações com a polícia secreta lhe asseguravam alguns confortos materiais. A morte de Górki, em 1936, e sobretudo a prisão em 1939 de Iejov, diretor da polícia secreta e amigo pessoal de Bábel, provocaram uma reviravolta em sua situação. No mesmo ano, já nos primórdios da Segunda Guerra Mundial, Bábel foi preso e em seguida fuzilado, em 1940. Foi reabilitado em 1954.

RUBENS FIGUEIREDO nasceu no Rio de Janeiro em 1956. Formado em letras pela Universidade Federal do Rio de Janeiro, é tradutor de autores como Dostoiévski e Philip Roth, professor de português e tradução literária e um dos mais originais ficcionistas brasileiros contemporâneos. Em 1998 seu livro de contos *As palavras secretas* recebeu os prêmios Jabuti e Arthur Azevedo. É autor de, entre outros, *Barco a seco* (prêmio Jabuti) e *Passageiro do fim do dia*.

ISAAC BÁBEL

Contos de Odessa

Tradução do russo, apresentação e notas de
RUBENS FIGUEIREDO

2ª reimpressão

COMPANHIA DAS LETRAS

Copyright © 2015 by Rubens Figueiredo

Grafia atualizada segundo o Acordo Ortográfico da Língua Portuguesa de 1990, que entrou em vigor no Brasil em 2009.

Penguin and the associated logo and trade dress are registered and/or unregistered trademarks of Penguin Books Limited and/or Penguin Group (USA) Inc. Used with permission.

Published by Companhia das Letras in association with Penguin Group (USA) Inc.

TÍTULO ORIGINAL
Odiesskie rasskázi

PREPARAÇÃO
Mariana Delfini

REVISÃO
Márcia Moura
Huendel Viana

Dados Internacionais de Catalogação na Publicação (CIP)
(Câmara Brasileira do Livro, SP, Brasil)

Bábel, Isaac, 1894-1940.
 Contos de Odessa / Isaac Bábel; tradução, notas e apresentação de Rubens Figueiredo. — 1ª ed. — São Paulo: Penguin Classics Companhia das Letras, 2015.

Título original: Odiesskie rasskázi
ISBN 978-85-8285-020-6

1. Contos russos I. Figueiredo, Rubens. II. Título

15-05471   CDD-891.73

Índice para catálogo sistemático:
1. Contos: Literatura russa 891.73

[2022]
Todos os direitos desta edição reservados à
EDITORA SCHWARCZ S.A.
Rua Bandeira Paulista, 702, cj. 32
04532-002 — São Paulo — SP
Telefone: (11) 3707-3500
www.penguincompanhia.com.br
www.companhiadasletras.com.br
www.blogdacompanhia.com.br

Sumário

Apresentação — Rubens Figueiredo ... 7

CONTOS DE ODESSA ... 13

O Rei ... 15
Assim se fazia em Odessa ... 23
O pai ... 34
Liubka, a Cossaco ... 45
O pôr do sol ... 53
História do meu pombal ... 66
Primeiro amor ... 80
O fim de santo Hipácio ... 89
Com o nosso velho Makhno ... 93
Você perdeu, capitão! ... 96

OUTROS CONTOS DE ODESSA ... 99

Justiça entre parênteses ... 101
O fim do asilo de velhos ... 108
Froim Gratch ... 119
Karl-Yankel ... 125
O despertar ... 135

Outras leituras ... 145

Apresentação

RUBENS FIGUEIREDO

Em 1931, *Contos de Odessa* foi publicado na União Soviética* reunindo material editado anteriormente em revistas. Isaac Bábel, seu autor, tinha 37 anos. Era um dos nomes de destaque na nova geração da literatura soviética em língua russa. Ganhava bem, para os padrões da época, fazia numerosas adaptações para o cinema, escrevia na imprensa e no teatro e, pouco depois dessa data, foi morar numa casa confortável em Perediélkino, perto de Moscou, oferecida pelo governo.

Filho de um comerciante judeu, Bábel nasceu em 1894, em Odessa, na Ucrânia, então parte do Império Russo. Parte também do território onde, na época, os judeus tinham permissão do regime tsarista para residir, ainda que sujeitos às restrições de um rigoroso sistema de quotas e vítimas de roubos e violências tolerados pelas autoridades tsaristas. Um exemplo disso é o pogrom que forma o pano de fundo do conto "História do meu pombal", presente neste volume, que se passa, a rigor, em Nikoláiev, cidade próxima de Odessa.

A obra de Bábel se distribui em três ciclos de contos: os do livro *O exército de cavalaria*, passados na campanha de 1920, em que Bábel, como correspondente de guerra e agente da polícia secreta, acompanhou as tropas cossacas

---

* *Odiesskie rasskázi*. Moscou; São Petersburgo: Goslitzdat, 1931.

que lutaram contra a invasão da Ucrânia pelo Exército polonês e por outras forças militares antirrevolucionárias; contos de fundo explicitamente memorialístico; e contos sobre a vida em Odessa. O material dos dois últimos ciclos muitas vezes coincide, de maneira que diferentes contos dos dois grupos têm sido publicados sob o título *Contos de Odessa*. Esta edição reproduz aqueles que integram o livro de 1931, na sua ordem original, e acrescenta mais alguns sob o título *Outros contos de Odessa*.

Fica claro nesta explanação que a tônica da obra de Bábel são as experiências vividas e observadas de forma direta, o que remete à reportagem e às memórias, gêneros que, em última análise, constituem a matriz formal de seus contos. Cabe frisar que, na literatura russa da época, gozava de prestígio uma tendência chamada *litieratura fakta* [literatura do fato]. Não só os fatos, como também os logradouros, os personagens e os nomes próprios mencionados nos *Contos de Odessa* são, na maioria das vezes, verdadeiros. Porém o material de Bábel é refratado e como que distorcido por força de um trabalho peculiar de linguagem e de perspectiva.

As raízes desse procedimento remontam a uma tradição literária russa bem definida, que vai de Gógol, no início do século XIX, a contemporâneos de Bábel, como Iliá Ilf e Ievguiéni Petrov (conhecidos como "Ilf e Petrov", por escreverem a quatro mãos) — todos nascidos na Ucrânia. Essa vertente da prosa literária articula o humor e o grotesco com imagens delirantes e surreais, incorpora formas de linguagem popular e culturas de povos tidos como exóticos, além de adotar — em especial, no caso de Bábel — um distanciamento ambivalente no retrato de cenas que primam pela brutalidade. Um dos efeitos desses procedimentos consiste em projetar as relações sociais para um plano mais abstrato.

Nos *Contos de Odessa*, o destaque vai para a comunidade judaica, que então constituía um terço da população daquela movimentada cidade portuária, situada à beira do mar Negro. A exemplo de outros grupos sociais em situação vulnerável na Rússia tsarista, para os judeus a vida fora da lei era, não raro, uma imposição da sobrevivência, bem como uma forma de resistência. Bábel retrata ladrões e mafiosos de um ângulo ao mesmo tempo épico e cômico, como portadores de um saber e de uma tradição secular à beira de se extinguir em função das profundas transformações históricas em curso, entre as quais a própria Revolução Russa. Nos contos reunidos aqui, o leitor poderá observar essa transição, pois há textos passados antes e depois da Revolução.

A maneira burlesca em que se configuram tais personagens ganha relevo, às vezes, pela presença de uma grandiloquência deslocada: palavras e tratamentos pomposos, de tom bíblico e teatral, são aplicados a situações banais por figuras que nada têm de grandioso. Presentes no cotidiano da comunidade judaica, o iídiche e o hebraico se misturam com o falar russo popular de Odessa, na voz dos personagens e também do narrador. O nome do personagem Arie-Leib, por exemplo, é formado pela duplicação da palavra "leão", que aparece primeiro em hebraico e depois em iídiche. O nome Karl-Yankel, dado a um bebê no conto homônimo, conjuga o alemão "Karl" ao iídiche "Yankel", diminutivo de Jacó. Certas maneiras linguísticas peculiares do narrador podem denotar esse mesmo influxo linguístico.

De resto, o narrador se mostra sempre o mesmo, ainda que não se identifique abertamente e que às vezes se limite a dar voz a algum personagem. Essa presença constante de um mesmo observador, a par da cena em curso, ressalta o teor de reportagem e de memórias que marca os contos de Bábel. Todavia, é a escolha apurada do vocabulário, a construção de imagens repentinas, o ritmo incisivo e elíptico das frases e seus cortes bruscos que asseguram aos textos um alcance menos imediatista e uma dimensão literária. É famosa a frase de Bábel, extraída de seu conto "Guy de Maupassant": "Nenhum ferro pode penetrar o coração humano de maneira tão gélida quanto um ponto colocado no momento exato".

Bábel publicou seus primeiros contos em revistas dirigidas pelo escritor Maksim Górki, que daí em diante sempre o apoiou. Sobre isso, escreveu: "No fim de 1916, conheci Maksim Górki. Devo tudo a esse encontro e até hoje pronuncio o nome de Aleksei Maksímovitch com amor e reverência [...]. Ele me ensinou coisas de importância extraordinária". Foi o mesmo Górki que, em carta para André Malraux, apresentou Bábel dizendo: "É o que a Rússia tem de melhor a oferecer". Talvez não por acaso, até 1936, ano da morte de Górki, livros e artigos de Babel tenham sido publicados com regularidade.

Adepto da Revolução de 1917, Bábel prestou serviços ao Exército e ao governo revolucionário, em especial à polícia secreta. Foram justamente as relações obscuras que manteve com esta última que acabaram por selar sua sorte, nos anos turbulentos da segunda metade da década de 1930, quando as disputas políticas internas e as pressões externas redundaram em perseguições e violência generalizada.*

Bábel era amigo pessoal de Nikolai Iejov, diretor da polícia secreta, com cuja esposa mantinha um relacionamento extraconjugal. Preso em 1939, Iejov acusou Bábel, que foi detido pouco depois. Ambos foram julgados e fuzilados em 1940, já nos primeiros movimentos da Segunda Guerra Mundial, quando a União Soviética se via sob a ameaça virulenta e constante de Hitler, isolada e ciente de que não teria o respaldo dos aliados ocidentais.

* Henady Malarenko, *Isaac Bábel e o seu Diário de Guerra de 1920*. São Paulo: FFLCH-USP, 2011. Tese (Doutorado em Literatura e Cultura Russa). Disponível em: <http://www.teses.usp.br/teses/disponiveis/8/8155/tde-11102011-133125/>.

Os autos do julgamento sumário registraram as últimas palavras de Bábel: "Só peço uma coisa. Deixem-me terminar minha obra". Catorze anos depois, o governo soviético cancelou a sentença contra Isaac Bábel e considerou nulas todas as acusações contra ele. Suas obras, então, voltaram a ser publicadas.

Contos de Odessa

O Rei

O casamento terminou, o rabino se deixou cair na poltrona, depois saiu do quarto e observou as mesas dispostas ao comprido em todo o pátio. Eram tantas que a fila se prolongava para além do portão e seguia pela rua Gospitálnaia. Cobertas de veludo, as mesas serpenteavam pelo pátio como cobras com remendos de todas as cores costurados na barriga, e eles — os remendos de veludo laranja e vermelho — cantavam com vozes grossas.

Os cômodos foram transformados em cozinhas. Através das portas fumacentas, via-se o fogo farto, o fogo embriagado e gordo. Em seus raios fumegantes assavam rostos de velhas, papadas trêmulas de mulher, peitos gordurosos. Um suor rosado como sangue, rosado como a baba de um cão raivoso, contornava aqueles peitos de carne humana estufada, docemente fedorenta. Três cozinheiras, sem contar as lavadoras de pratos e panelas, preparavam o jantar do casamento e, acima delas, reinava a octogenária Reizl, tradicional como um rolo da Torá, miúda e corcunda.

Antes do jantar, se intrometeu no pátio um jovem desconhecido dos convidados. Perguntou por Bénia Krik. Bénia Krik o levou para um canto.

— Escute, Rei — disse o jovem. — Vim dar uma palavrinha com você. Quem me mandou aqui foi a tia Jana, da rua Kostiétskaia...

— Sei, entendi — respondeu Bénia Krik, apelidado de Rei. — E que palavrinha é essa?

— Ontem chegou à delegacia o novo comissário de polícia, a tia Jana me mandou avisar ao senhor...

— Eu já sabia disso desde anteontem — respondeu Bénia Krik. — O que mais?

— O comissário de polícia reuniu o pessoal da delegacia e fez um discurso...

— Vassoura nova varre bem — respondeu Bénia Krik. — Ele quer dar uma batida. O que mais?

— E quando vai ser a batida, o senhor sabe, Rei?

— Vai ser amanhã.

— Rei, vai ser hoje.

— Quem foi que disse isso para você, menino?

— Foi a tia Jana. O senhor conhece a tia Jana?

— Conheço a tia Jana. O que mais?

— O comissário reuniu o pessoal da delegacia e fez um discurso: "Nós temos de sufocar Bénia Krik", disse ele, "porque, onde existe um soberano imperador, não pode existir um rei. Temos de dar uma batida hoje, quando Krik for casar a irmã e todos estiverem lá juntos...".

— O que mais?

— ... aí os tiras começaram a ficar com medo. Falaram: se a gente der uma batida hoje, quando ele está dando uma festa, o Bénia vai ficar furioso e vai correr muito sangue. Aí o comissário disse: "Para mim, a reputação está acima de tudo...".

— Certo, pode ir — respondeu o Rei.

— O que o senhor quer que eu diga para a tia Jana sobre a batida?

— Diga: Bénia sabe da batida.

E o jovem foi embora. Depois dele, saíram três amigos de Bénia. Disseram que iam voltar em meia hora. E voltaram meia hora depois. E foi só isso.

As pessoas se sentaram à mesa sem levar em conta a idade. A velhice estúpida não dá mais pena do que a juventude covarde. Também não levaram em conta a riqueza. O forro de uma carteira gorda é costurado com lágrimas.

No lugar mais importante da mesa, sentaram-se o noivo e a noiva. Era o dia deles. No segundo lugar, sentou-se Sénder Eikhbaum, sogro do Rei. Era seu direito. A história de Sénder Eikhbaum merece ser contada, porque não é uma história qualquer.

Como foi que Bénia Krik, ladrão e rei dos ladrões, se tornou genro de Eikhbaum? Como se tornou genro de um homem que possuía sessenta vacas leiteiras, menos uma? Pois é, tudo foi por causa de um assalto. Um ano antes, Bénia tinha escrito uma carta para Eikhbaum.

"Monsieur Eikhbaum", escreveu, "peço ao senhor que, amanhã de manhã, coloque vinte mil rublos embaixo do portão do número 17 da rua Sofievskaia. Se o senhor não fizer isso, algo nunca visto espera o senhor, e toda Odessa vai falar do senhor. Com respeito, Bénia, o Rei."

Três cartas, uma mais clara que a outra, ficaram sem resposta. Então Bénia tomou uma atitude. À noite, saíram nove homens com sarrafos compridos nas mãos. Os sarrafos tinham na ponta estopa encharcada de alcatrão. Nove estrelas ardentes se acenderam no curral de vacas de Eikhbaum. Bénia arrebentou a fechadura do estábulo e começou a tirar as vacas, uma a uma. Um rapaz as esperava com uma faca. Ele derrubava a vaca com uma pancada e mergulhava a faca no coração do bicho. Sobre a terra coberta de sangue, os archotes floriam como rosas de fogo, e tiros trovejavam. Com os tiros, Bénia enxotava as empregadas que tinham vindo correndo para o estábulo das vacas. E atrás dele outros ladrões começaram a atirar para o alto, porque, se não atirassem para o alto, podiam matar alguém. E aí, quando a sexta vaca tombou aos pés do Rei com um mugido moribundo, o monsieur Eikhbaum saiu para o pátio, só de ceroulas, e perguntou:

— Onde isso vai parar, Bénia?

— Se eu não tiver o dinheiro, o senhor não vai ter vacas, monsieur Eikhbaum. Simples que nem dois mais dois.
— Entre aqui, Bénia.

E, lá dentro, fecharam um acordo. As vacas massacradas foram divididas meio a meio, entre os dois. Eikhbaum recebeu uma garantia de imunidade, confirmada num contrato com carimbo. Mas o incrível veio depois.

Na hora do assalto, naquela noite medonha em que as vacas moribundas mugiram e as novilhas escorregaram no sangue das mães, quando os archotes dançaram como donzelas negras e as vaqueiras recuaram de medo e deram gritos esganiçados embaixo dos canos das amistosas pistolas Browning — naquela noite medonha, a filha do velho Eikhbaum, Tsília, correu para fora de casa, de camisola decotada. E a vitória do Rei se converteu em sua derrota.

Dois dias depois, sem nenhum aviso, Bénia devolveu para Eikhbaum todo o dinheiro tomado e depois disso, numa tarde, apareceu para fazer uma visita. Estava de terno laranja, embaixo do punho cintilava um bracelete de brilhantes; entrou, cumprimentou e pediu a Eikhbaum a mão de sua filha Tsília. O velho teve um leve choque, mas se levantou. Ainda havia, no velho, vida para uns vinte anos.

— Escute, Eikhbaum — disse o Rei. — Quando o senhor morrer, vou enterrá-lo no melhor cemitério judaico, bem junto do portão. Vou construir para o senhor, Eikhbaum, um mausoléu de mármore cor-de-rosa. Vou fazer do senhor decano da sinagoga Bródskaia. Vou largar minha especialidade, Eikhbaum, e me tornar sócio de seu negócio. Vamos ter duzentas vacas, Eikhbaum. Vou matar todos os produtores de leite, menos o senhor. Não vai passar nenhum ladrão na rua em que o senhor morar. Vou construir para o senhor uma casa de campo na estação dezesseis... E lembre, Eikhbaum: na juventude, o senhor também não foi nenhum rabino. Quem foi que falsificou o testamento, isso é uma coisa que nós não vamos falar em voz alta, não é? O seu genro será um Rei, e não um pirralho qualquer, Eikhbaum...

E conseguiu o que queria, o Bénia Krik, porque era um apaixonado e a paixão domina o mundo. Os recém-casados passaram três meses na exuberante Bessarábia, no meio dos vinhedos, da comida abundante e do suor do amor. Depois Bénia voltou para Odessa para casar sua irmã Dvoira, de quarenta anos, que sofria da doença de Basedow. E agora, depois de contar a história de Sénder Eikhbaum, vamos voltar ao casamento de Dvoira Krik, irmã do Rei.

Na hora do jantar de casamento, serviram perus, galinhas assadas, gansos, peixe recheado e sopa de peixe, na qual lagoas de limão cintilavam como pérolas. Em cima das cabeças dos gansos mortos, flores balançavam como plumagens suntuosas. Mas será que as ondas espumosas do mar de Odessa trazem para a praia galinhas assadas?

Tudo que havia de mais nobre em nosso contrabando, tudo que, de uma ponta à outra, era a glória da terra, naquela noite estrelada e radiosa cumpriu sua devastadora, sua fascinante missão. O vinho estrangeiro esquentava os estômagos, quebrava as pernas docemente, entorpecia os cérebros e provocava arrotos sonoros como os apelos de uma corneta na guerra. O cozinheiro negro do "Plutarco", que chegara de Port Said dois dias antes, trouxera para o outro lado da fronteira da alfândega bojudas garrafas de rum da Jamaica, vinho madeira oleoso, charutos das plantações de Pierpont Morgan e laranjas dos arredores de Jerusalém. Aí está o que as ondas espumosas do mar de Odessa depositam na praia, aí está o benefício que os casamentos judeus às vezes trazem aos mendigos de Odessa. O casamento de Dvoira Krik lhes reservou o rum da Jamaica, e por isso, embriagados como porcos, como animais impróprios para os rabinos, os mendigos judeus começaram a bater com suas muletas de modo ensurdecedor. Eikhbaum, de colete aberto, espiava com o olho semicerrado a festa barulhenta e dava soluços amorosos. A orquestra tocava fanfarras. Era como uma divisão militar numa parada. Fanfarras, só fanfarras e mais nada. Os ladrões, sentados em fileiras espremidas, de início se incomodaram com a presença de gente de fora, mas depois relaxaram. Liova Ktsap arrebentou uma garrafa de vodca na cabeça de sua namorada. Mónia, o Artilheiro, deu tiros para o ar. Mas a coisa chegou ao auge do entusiasmo quando, segundo o costume antigo, os convidados começaram a presentear os noivos. Os salmistas das sinagogas pularam para cima das mesas e contavam ao som das fanfarras fervilhantes os rublos e as colheres de prata que os noivos tinham ganhado. E nisso os amigos do Rei mostraram quanto vale o sangue azul e o ainda não extinto cavalheirismo de Moldavanka.* Com um movimento displicente da mão, deixavam cair moedas de ouro, anéis e colares de coral sobre bandejas de prata.

Aristocratas de Moldavanka, eles estavam espremidos em coletes roxos, os ombros envoltos em paletós rubros, e nas pernas carnudas explodia o couro azul-celeste. Eretos, muito esticados, de barrigas empinadas, os bandidos batiam palmas no ritmo da música, gritavam "amargo"** e jogavam flores para a noiva, enquanto ela, a quarentona Dvoira, irmã de Bénia Krik, irmã do Rei, desfigurada pela doença, o papo inchado e os olhos saltados nas órbitas, estava sentada numa montanha de almofadas, ao lado de um garoto franzino, comprado com o dinheiro de Eikhbaum e emudecido de aflição.

A cerimônia dos presentes se aproximava do fim, os salmistas ficaram roucos e o contrabaixo não se entendia com o violino. Sobre o pátio, se espalhou de repente um leve cheiro de queimado.

* Bairro de Odessa.
** Tradição nos casamentos russos. Os noivos devem se beijar, para o vinho ficar doce.

— Bénia — disse o papai Krik, um velho carroceiro tido como grosseirão entre os carroceiros. — Bénia, você sabe o que estou achando? Estou achando que estão queimando fuligem por aí...

— Papai — respondeu o Rei ao pai embriagado —, por favor, beba e coma à vontade, e não se preocupe com essas besteiras...

E o papai Krik seguiu o conselho do filho. Comeu e bebeu. Mas a nuvenzinha de fumaça ficava cada vez mais intoxicante. Aqui e ali, as beiradas do céu já estavam rosadas. E uma língua de fogo disparou para o alto, fina como uma espada. Os convidados ergueram a cabeça, começaram a farejar o ar, e suas mulheres deram gritos esganiçados. Os ladrões se entreolharam. Só que Bénia, que nada percebia, ficou desconsolado.

— Estão estragando minha festa — gritou, cheio de desespero. — Meus caros, peço a vocês que comam e bebam...

Mas naquele momento apareceu no pátio o mesmo jovem que tinha vindo no início da festa.

— Rei — disse. — Tenho de dar uma palavrinha com o senhor.

— Certo, pode falar — respondeu o Rei. — Você tem sempre uma palavrinha no estoque...

— Rei — falou o jovem desconhecido, e começou a rir baixinho. — É muito engraçado, a delegacia pegou fogo que nem uma vela...

Os comerciantes emudeceram. Os ladrões sorriram. Manka, de sessenta anos, matriarca dos bandidos do bairro, pôs dois dedos na boca e deu um assobio tão agudo que quem estava do seu lado balançou.

— Mánia, a senhora não está no trabalho — advertiu Bénia. — Tenha sangue frio, Mánia...

O riso continuava a desmantelar o jovem que tinha trazido a notícia espantosa.

— Eles saíram da delegacia, uns quarenta homens —

contou, mexendo a mandíbula. — Foram dar uma batida; assim que se afastaram uns cinquenta passos, logo começou a pegar fogo... Venham só ver, se quiserem...

Mas Bénia proibiu os convidados de irem ver o incêndio. Foi lá com dois camaradas. A delegacia queimava por igual pelos quatro lados. Os policiais, sacudindo os traseiros, corriam pelas escadas fumacentas e jogavam caixas para fora das chamas. No meio da confusão, os presos fugiram. Os bombeiros estavam cheios de entusiasmo, mas no hidrante mais próximo não tinha água. O comissário de polícia — a própria vassoura nova que varria melhor — estava parado na calçada do outro lado da rua e mordia os bigodes que se enfiavam em sua boca. A vassoura nova estava sem movimento. Bénia, ao passar pelo comissário, fez um cumprimento à maneira militar.

— Boa tarde, Vossa Excelentíssima — disse, em tom simpático. — Mas que calamidade foi essa? Um pesadelo...

Cravou os olhos no prédio em chamas, balançou a cabeça e estalou os lábios.

— Ai, ai, ai...

Quando Bénia voltou para casa, já haviam apagado os lampiões no pátio e no céu a aurora começava sua função. Os convidados se dispersaram e os músicos dormiam com a cabeça apoiada nos braços de seus contrabaixos. Só a Dvoira não estava com vontade de dormir. Com as duas mãos, empurrava o marido apavorado para a porta do quarto nupcial e lhe dirigia olhares carnívoros, como um gato que pega um camundongo na boca e o apalpa de leve com os dentes.

Assim se fazia em Odessa

Comecei.
— Reb Arie-Leib — falei para o velho —, vamos conversar sobre Bénia Krik. Vamos falar de seu início fulminante e de seu fim horrível. Três sombras obstruem o caminho da minha imaginação. Veja o Froim Gratch. Será que o aço de seus atos não suporta a comparação com a força do Rei? Veja o Kolka Pakóvski. A fúria desse homem continha tudo o que é necessário para dominar. E será que Khaim Drong não foi capaz de enxergar o brilho da estrela nova? Mas por que só Bénia Krik conseguiu subir na escada de corda, enquanto todos os outros ficaram embaixo, pendurados nos degraus bambos?

Reb Arie-Leib ficou calado, sentado no muro do cemitério. Na nossa frente, estendia-se o verde repouso das sepulturas. O homem desejoso de uma resposta deve se munir de paciência. Ao homem dotado de sabedoria, convém ser circunspecto. Por isso Arie-Leib ficou calado, sentado no muro do cemitério. Por fim, disse:

— Por que ele? Por que não os outros, você quer saber? Pois bem, esqueça por um tempo que você tem os óculos no nariz e o outono na alma. Pare de armar escândalos atrás da mesa de seu escritório e gaguejar na frente das pessoas. Imagine por um instante que você arma escândalos nas praças e gagueja no papel. Você é um tigre, um leão, um gato. Pode passar uma noite com uma mulher russa e deixar a mulher russa satisfeita. Você tem vinte e cinco anos. Se no céu e na terra houvesse argolas, você agarraria essas argolas e juntaria o céu com a terra. E imagine que seu pai era o carroceiro Méndel Krik. Em que pensa esse pai? Pensa em tomar um bom copo de vodca, pensa em partir a cara de alguém, pensa em seus cavalos e mais nada. Você quer viver e ele obriga você a morrer vinte vezes por dia. O que você faria no lugar de Bénia Krik? Não faria nada. Mas ele fez. Por isso é o Rei, enquanto você faz figa com a mão no bolso.

Ele — o Bénia — foi na direção de Froim Gratch, que então já via o mundo com um olho só e era o que é. Disse para Froim:

— Apanhe-me. Quero ser lançado na sua praia. A praia em que eu for lançado vai sair ganhando.

Gratch perguntou:

— Quem você acha que é?

— Vem me pegar, Froim — respondeu Bénia — e vamos parar de derramar mingau branco na mesa limpa.

— Vamos parar de derramar mingau — respondeu Gratch. — Vou provar para você.

Os ladrões se reuniram num conselho para pensar sobre Bénia Krik. Eu não fui a esse conselho. Mas dizem que se reuniram num conselho. O mais velho era o falecido Liovka, o Touro.

— O que está acontecendo na cachola desse Bénia? — perguntou o falecido Touro.

E o caolho Gratch deu sua opinião:

— Bénia fala pouco, mas fala que dá gosto. Fala pouco, mas a gente fica querendo que fale mais.

— Se é assim — exclamou o falecido Liovka —, então vamos colocá-lo à prova com Tartakóvski.

— Vamos colocá-lo à prova com Tartakóvski — decidiu o conselho, e todos que ainda abrigavam alguma vergonha enrubesceram ao ouvir aquela decisão. Por que enrubesceram? Vocês saberão, se forem aonde eu os conduzirei.

Tartakóvski, entre nós, era chamado de "Judeu e Meio" ou "Nove Assaltos". "Judeu e Meio" porque nenhum judeu era capaz de acumular tanta audácia e tanto dinheiro quanto Tartakóvski. Ele era mais alto do que o mais alto policial de Odessa e pesava mais do que a judia mais gorda. E "Nove Assaltos" porque a firma Liovka o Touro e Cia. lançou contra seu escritório não oito nem dez assaltos, mas exatamente nove. Quanto ao Bénia, que ainda não era Rei na época, coube a honra de perpetrar contra o "Judeu e Meio" o décimo assalto. Quando Froim lhe comunicou isso, ele disse "sim" e foi embora, batendo a porta. Por que bateu a porta? Vocês saberão, se forem aonde eu os conduzirei.

Tartakóvski tem alma de assassino, mas ele é dos nossos. Saiu de nós. É do nosso sangue. Tem nossa carne, é como se a mesma mãe nos tivesse dado à luz. Meia Odessa está empregada em suas barracas. E ele sofreu nas mãos de sua própria gente, os de Moldavanka. Duas vezes o raptaram e pediram resgate, e uma vez, durante um pogrom, o enterraram junto com coristas. Os brutamontes do subúrbio, na época, batiam nos judeus na rua Bolchaia Arnaútskaia. Tartakóvski fugiu deles e topou com um enterro, com coristas, na rua Sofiskaia. Perguntou:

— Quem é que está sendo enterrado com coristas?

Os passantes responderam que era o enterro de Tartakóvski. O cortejo chegou ao cemitério do subúrbio. Então os nossos tiraram pistolas do caixão e começaram a meter chumbo em cima dos brutamontes do subúrbio. Mas o "Judeu e Meio" não previa aquilo. "Judeu e Meio" ficou morto de medo. E qual o patrão que não ficaria com medo, no lugar dele?

O décimo assalto contra um homem já enterrado uma vez seria um ato de grosseria. Bénia, que ainda não era o Rei, entendia isso melhor do que ninguém. Mas ele disse "sim" para Gratch e no mesmo dia escreveu uma carta para Tartakóvski, semelhante a todas as cartas desse tipo:

"Prezadíssimo Ruvim Ossípovitch! Faça a grande gentileza de, no sábado, colocar embaixo do barril de água de chuva..." etc. "Em caso de negativa, como o senhor ultimamente tem se permitido fazer, uma grande desilusão na vida familiar o aguarda. Com respeito, seu conhecido Bentsion Krik."

Tartakóvski não teve preguiça e respondeu sem demora.

> Bénia! Se você fosse idiota, eu lhe escreveria como se faz a um idiota! Mas não tenho você por um idiota e Deus me livre de ver você assim. Pelo jeito, você está se fazendo de criança. Será que não sabe que neste ano, na Argentina, a safra foi tão grande que o preço caiu, e agora estamos sentados em cima do nosso trigo sem vender? Pois eu lhe digo, com o coração na mão, que já chega de comer, na minha velhice, esses pedaços de pão tão amargos e sofrer tamanhos dissabores, depois de ter trabalhado a vida inteira, como o último dos carroceiros. E o que me cabe, depois desses trabalhos forçados perpétuos? Úlceras, feridas, preocupações e insônia. Largue essas bobagens, Bénia. Seu amigo, muito mais do que você imagina, Ruvim Tartakóvski.

"Judeu e Meio" fez seu papel. Escreveu a carta. Mas o correio não entregou a carta ao destinatário. Como não recebeu resposta, Bénia ficou furioso. No dia seguinte, apareceu com quatro amigos no escritório de Tartakóvski. Os quatro jovens, de máscaras e revólveres, invadiram a sala.

— Mãos ao alto! — disseram e começaram a brandir as pistolas.

— Não tenha pressa, Solomon — disse Bénia a um deles, que gritava mais alto do que os outros. — Não vá pegar o costume de ficar nervoso no trabalho. — E, virando-se para o gerente, branco feito a morte e amarelo feito argila, perguntou: — "Judeu e Meio" está no trabalho?

— Não está no trabalho — respondeu o gerente, cujo

sobrenome era Muguinchtein, e o nome, Iossif, filho solteiro da tia Péssia, vendedora de galinhas na Praça Central.

— Mas, afinal, quem é que fica no lugar do patrão? — começaram a perguntar ao infeliz Muguinchtein.

— Sou eu que fico no lugar do patrão — disse o gerente, verde que nem capim.

— Então, com a ajuda de Deus, limpe o caixa para nós! — ordenou Bénia, e teve início uma ópera em três atos.

O nervoso Solomon colocou dinheiro, documentos, relógios e monogramas dentro de uma mala; o falecido Iossif ficou parado na frente deles com os braços erguidos e, durante esse tempo, Bénia contava a história do povo judaico.

— Já que ele se faz de Rothschild — disse Bénia, referindo-se a Tartakóvski —, que arda como fogo. Me explique, Muguinchtein, como amigo: ele recebe de mim uma carta de negócios; por que ele não gasta cinco copeques para pegar o bonde e ir à minha casa e beber vodca com minha família e comer o que Deus nos servir? O que foi que impediu que fosse falar comigo com franqueza: "Bénia", era só ele dizer, "é assim e assado, olhe aqui meu balancete, me dê um prazo de uns dias, me deixe respirar, me deixe abrir os braços". O que é que eu ia responder? Um porco não ajuda outro porco, mas um homem ajuda outro homem. Muguinchtein, você entendeu?

— Entendi, sim, senhor — disse Muguinchtein, e mentiu, pois não entendia de jeito nenhum por que razão "Judeu e Meio", um homem rico e dos mais respeitados, devia pegar o bonde e ir comer com a família do carroceiro Méndel Krik.

Enquanto isso, a desgraça rondava junto às janelas, como um mendigo ao nascer do dia. A desgraça irrompeu com estrondo no escritório. E embora dessa vez tenha tomado a forma do judeu Savka Bútsis, ela vinha bêbada como um aguadeiro.

— Opa, opa! — gritou o judeu Savka. — Me desculpe, Bénia, me atrasei. — Batia os pés no chão e sacudia as mãos. Depois deu um tiro e a bala foi acertar a barriga de Muguinchtein.

É preciso dizer mais alguma coisa? Existia um homem e depois não existe mais. Um homem solteiro vivia como um passarinho no galho e é morto por causa de uma estupidez. Entrou um judeu parecido com um marinheiro e deu um tiro, não numa garrafa qualquer para dar um susto, mas na barriga de uma pessoa. É preciso dizer mais alguma coisa?

— Cair fora do escritório — gritou Bénia e saiu por último. Mas, na fuga, teve tempo de dizer para Bútsis:

— Juro pelo túmulo de minha mãe, Savka: você vai ser enterrado junto com ele...

Agora me diga, jovem senhor que corta cupons de ações alheias: como o senhor agiria no lugar de Bénia Krik? O senhor não sabe como agir. Mas ele sabia. Por isso é o Rei e eu e o senhor estamos sentados no muro do segundo cemitério judeu e nos protegemos do sol com as palmas das mãos.

O filho infeliz da tia Péssia não morreu logo. Uma hora depois daquilo, quando o levaram ao hospital, apareceu Bénia. Mandou chamar o médico-chefe e a enfermeira e disse para eles, sem tirar as mãos dos bolsos da calça creme:

— Tenho interesse — disse — em que o paciente Iossif Muguinchtein fique bom. Por via das dúvidas, me apresento. Bentsion Krik. Cânfora, travesseiros de ar, quarto individual, vamos dar tudo isso de coração aberto. Se não, a cada doutor, mesmo que seja doutor de filosofia, caberá não mais de três *archin* de terra.

E mesmo assim Muguinchtein morreu naquela mesma noite. E só então "Judeu e Meio" abriu o berreiro em toda Odessa.

— Onde é que começa a polícia? — vociferou. — Onde é que termina o Bénia?

— A polícia termina onde o Bénia começa — respondiam as pessoas sensatas, mas Tartakóvski não se acalmava e teve de esperar até que um automóvel vermelho, com buzina musical, tocasse na Praça Central a primeira marcha da ópera *Ride, Palhaço*.* Em plena luz do dia, o carro voou até a casinha onde morava a tia Póssia.

O automóvel rugia com as rodas, cuspia com a fumaça, cintilava com o bronze, fedia com benzina e tocava árias com sua buzina de corneta. Do automóvel, pulou alguém e entrou na cozinha, onde a pequena tia Péssia se debatia sobre o chão de terra. "Judeu e Meio" estava sentado na cadeira e abanou os braços.

— Desordeiro cretino — berrou, ao ver o visitante —, bandido, que a terra rejeite você! Que bela moda você lançou: matar gente viva...

— Monsieur Tartakóvski — respondeu Bénia Krik em voz baixa. — Já faz dois dias que choro pelo caro falecido como se fosse meu irmão de sangue. Mas sei que vocês querem cuspir nas minhas lágrimas jovens. A vergonha, Monsieur Tartakóvski, em que cofre o senhor escondeu sua vergonha? O senhor teve estômago para mandar para a mãe de nosso falecido Iossif cem míseros *karbovániets*.** O cérebro e os cabelos ficaram de pé na minha testa quando ouvi essa notícia.

Aqui Bénia fez uma pausa. Vestia um paletó cor de chocolate, calça creme e sapatos de verniz vermelhos.

— Dez mil de uma vez só — bradou ele. — Dez mil de uma vez só e uma pensão até sua morte, com os votos de que ela viva cento e dez anos. Se não, vamos sair desta casa, Monsieur Tartakóvski, e sentemos em meu automóvel...

Depois se xingaram um ao outro. "Judeu e Meio" xingou Bénia. Eu não presenciei essa briga. Mas os que estavam lá se lembram. Fecharam o acordo em cinco mil rublos no ato e mais cinquenta mensais.

---

* *Pagliacci*, ópera de Leoncavallo, de 1892.
** Rublos ucranianos.

— Tia Péssia — disse então Bénia para a velhinha desgrenhada, que se retorcia no chão. — Se a senhora precisar da minha vida, pode vir tomar, mas todo mundo erra, até Deus. Foi um erro enorme, tia Péssia. Mas também não foi um erro da parte de Deus pôr os judeus na Rússia para que fossem atormentados como no inferno? Por acaso seria ruim se os judeus morassem na Suíça, onde viveriam cercados de lagos de primeira classe, ar de montanha e franceses perfeitos? Todos erram, até Deus. Escute-me com os ouvidos, tia Péssia. A senhora tem cinco mil na mão e cinquenta rublos mensais até morrer. E que viva cento e dez anos. O enterro de Iossif será de primeira classe: seis cavalos iguais a seis leões, duas carruagens com coroas de flores, um coro da sinagoga Bródskaia, o próprio Minkóvski virá celebrar a cerimônia para seu falecido filho...

E o enterro ocorreu na manhã seguinte. Sobre esse enterro, pode perguntar aos mendigos do cemitério. Pergunte para eles sobre os salmistas da sinagoga, sobre os vendedores de aves *kosher* ou sobre as velhas do segundo asilo. Um enterro assim Odessa nunca tinha visto nem o mundo verá. Naquele dia, os policiais vestiram luvas de malha. Nas sinagogas, enfeitadas de verde e com portas e janelas todas abertas, ardia a eletricidade. Nos cavalos brancos, atrelados à carruagem, balançavam plumas pretas. Sessenta cantores marchavam à frente do cortejo. Os cantores eram meninos, mas cantavam com voz de mulher. Os decanos da sinagona, comerciantes de aves *kosher*, conduziam tia Péssia pelo braço. Atrás dos decanos vinham os membros da sociedade dos empregados de escritório judeus e, atrás dos empregados de escritório judeus, vinham os advogados, os doutores em medicina e as enfermeiras parteiras. De um lado da tia Péssia, estavam as vendedores de galinha do mercado antigo e do outro lado, as respeitadas leiteiras de Bugaióvka, envoltas em xales laranja. Batiam com os pés como soldados na parada em dia de festa. De suas ancas largas vinha um cheiro de mar e de leite. E atrás de todos se arrastavam os funcionários de Ruvim Tartakóvski. Eram cem pessoas, ou duzentas, ou duas mil. Vestiam casacões pretos com lapelas de seda e botas novas, que guinchavam como leitões dentro de um saco.

E agora vou falar como Deus falou no monte Sinai, de dentro da sarça ardente. Guarde minhas palavras em seus ouvidos. Tudo que vi, vi com meus olhos, sentado aqui, no muro do segundo cemitério, ao lado do ciciante Moisseika e de Chimchom, da agência funerária. Eu vi, Arie-Leib, judeu orgulhoso que vive junto aos mortos.

A carruagem chegou à sinagoga do cemitério. Colocaram o caixão no patamar. A tia Péssia tremia como um passarinho. O cantor principal desceu do faetonte e começou a ladainha. Sessenta cantores o acompanharam. E naquele instante um automóvel vermelho atravessou o portão. Tocou *Ride, Palhaço* e parou. As pessoas ficaram em silêncio, que nem mortos. Silenciaram as árvores, os cantores, os mendigos. Quatro homens saíram de debaixo do teto vermelho e, em passos lentos, levaram à carruagem uma coroa de rosas como jamais se viu. E quando a ladainha terminou, os quatro homens ergueram o caixão sobre os ombros de aço, com os olhos em chamas e o peito estufado, caminharam juntos com os membros da sociedade dos empregados de escritório judeus.

À frente ia Bénia Krik, que na época ninguém ainda chamava de Rei. Foi o primeiro a chegar ao túmulo, subiu num montinho de terra e estendeu a mão.

— O que deseja fazer, meu jovem? — se aproximou dele Kofman, da confraria funerária.

— Quero fazer um discurso — respondeu Bénia Krik.

E fez o discurso. Todos que quiseram ouvir, ouviram. Eu, Arie-Leib, ouvi, e também o ciciante Moisseika, que estava sentado no muro, a meu lado.

— Senhores e senhoras — disse Bénia Krik. — Senhores e senhoras — disse ele, e o sol se deteve acima de sua cabeça, como uma sentinela com um fuzil. — Vocês vieram prestar as últimas homenagens a um honrado trabalhador que foi morto por causa de uma moedinha de bronze. Em meu nome e em nome de todos que não estão presentes aqui, agradeço a vocês. Senhores e senhoras! O que viu nosso prezado Iossif em sua vida? Viu umas poucas bobagens. Com o que se ocupava? Contava o dinheiro alheio. Por que foi morto? Morreu pela classe trabalhadora inteira. Há gente condenada a morrer e há gente que ainda não começou a viver. E aí uma bala que voava para o peito de um condenado perfura Iossif, que na sua vida não viu nada senão umas poucas bobagens. Há gente que sabe beber vodca e há gente que não sabe beber vodca, e mesmo assim bebe. E os primeiros extraem prazer tanto da dor como da alegria, enquanto os outros sofrem por todos que bebem vodca sem saber beber. Por isso, senhores e senhoras, depois que tivermos rezado pelo nosso pobre Iossif, peço a vocês que visitem o túmulo de um desconhecido de vocês, o já falecido Saviéli Bútsis...

E, terminado o discurso, Bénia desceu do montinho de terra. As pessoas, as árvores e os mendigos do cemitério ficaram em silêncio. Dois coveiros levaram um caixão sem pintura para uma cova vizinha. O cantor, gaguejando, terminou a prece. Bénia jogou a primeira pá de terra e foi para o túmulo de Savka. Atrás dele, como ovelhas, foram todos os advogados e as senhoras com broches. Obrigou o cantor a entoar, sobre a sepultura de Savka, a ladainha completa, e sessenta cantores o acompanharam. Savka jamais sonhou com um enterro assim — acreditem na palavra de Arie-Leib, velho ancião.

Dizem que nesse dia "Judeu e Meio" decidiu fechar seu negócio. Isso eu não vi. Mas que nem o cantor principal, nem o coro, nem a confraria fúnebre pediram dinheiro pelo enterro, isso eu vi com os olhos de Arie-Leib. Arie-Leib, é assim que me chamo. E não pude ver mais nada, porque as pessoas, se afastando discretamente do túmulo de Savka, depois desataram a correr como se fugissem de um incêndio. Voaram nos coches, nos faetontes ou a pé mesmo. E só aqueles quatro que chegaram dentro do carro vermelho foram embora no mesmo automóvel. A buzina musical tocou sua marcha, o carro estremeceu e se foi.

— O Rei — disse o ciciante Moisseika, ao ver o carro passar, o mesmo Moisseika que toma de mim os melhores lugares no muro.

Agora você já sabe de tudo. Sabe quem foi o primeiro que pronunciou a palavra "Rei". Foi o Moisseika. Você sabe por que ele não chamou assim nem o caolho Gratch, nem o furioso Kolka. Você sabe tudo. Mas de que adianta se no seu nariz, como antes, tem os óculos, e na alma tem o outono?

O pai

Froim Gratch foi casado, um dia. Faz muito tempo, já se passaram vinte anos. Na época, a esposa deu à luz a filha de Froim e morreu do parto. A menina chamou-se Bássia. Sua avó materna morava em Tultchin. A velha não gostava do genro. Dizia dele: Froim é carroceiro e tem cavalos pretos azeviche, mas a alma de Froim é mais negra do que o pelo azeviche de seus cavalos...

A velha não gostava do genro e pegou a recém-nascida para criar. Viveu com a menina vinte anos e depois morreu. Então Baska voltou para seu pai. Tudo isso aconteceu assim.

Na quarta-feira dia 5, Froim Gratch levou trigo dos armazéns da sociedade Dreifus, no porto, para o vapor *Caledônia*. Ao anoitecer, ele terminou o trabalho e foi para casa. Na esquina da rua Prókhorovskaia, encontrou o ferreiro Ivan Cinco Rublos.

— Meus respeitos, Gratch — disse Ivan Cinco Rublos. — Uma mulher apareceu lá na sua casa...

Gratch foi em frente e viu no seu pátio uma mulher de estatura colossal. Tinha quadris imensos e bochechas cor de tijolo.

— Papai — falou a mulher, com ensurdecedora voz de baixo. — Já estou morta de tédio. Fiquei o dia inteiro esperando o senhor... Sabe, vovó morreu em Tultchin.

Gratch estava de pé em cima da carroça e olhava para a filha de olhos arregalados.

— Não fique rodando na frente dos cavalos — gritou ele, em desespero. — Segure a rédea do cavalo da frente, não vá matar meus animais...

Gratch, de pé em cima da carroça, brandia o chicote. Baska segurou o cavalo pela rédea e conduziu os animais para a cocheira. Desatrelou os cavalos e foi à cozinha trabalhar. A moça pendurou as perneiras do pai numa corda, esfregou com areia uma chaleira preta de fuligem e começou a esquentar almôndegas recheadas.

— Sua casa está uma sujeira insuportável, papai — disse ela, e jogou pela janela uma pele de carneiro mofada que estava largada no chão. — Mas vou tirar essa sujeira — exclamou Baska e serviu o jantar do pai.

O velho tomou vodca da chaleira esmaltada e comeu as almôndegas, que tinham cheiro de infância feliz. Depois pegou o chicote e saiu pelo portão da rua. Baska foi para lá, atrás dele. Calçava sapatos de homem, usava um vestido laranja, um chapéu cheio de passarinhos e sentou num banquinho. O anoitecer ondulava por cima do banquinho, o olho cintilante do pôr do sol caía no mar, atrás de Peréssip,* e o céu estava vermelho como um dia vermelho no calendário. Todas as lojas já estavam fechadas em Dálnitskaia e os ladrões atravessavam a rua escura rumo ao bordel de Ioska Samuelson. Iam em coches laqueados, bem vestidos, de paletós coloridos como colibris. Tinham os olhos esbugalhados e, com um pé no estribo, seguravam na mão de aço estendida buquês envoltos em papel de cigarro. Seus coches laqueados avançavam devagar, em cada veículo ia um homem com um buquê, e os cocheiros, que sobressaíam em suas boleias altas, estavam enfeitados com laços de fita, como os padrinhos nos casamentos. As velhas judias, com toucas de rede na cabeça, observavam preguiçosamente a passagem daquele cortejo rotineiro — eram indiferentes a tudo, as velhas judias, e apenas os filhos dos

---

* Bairro de Odessa.

pequenos comerciantes e dos contramestres de navio invejavam os reis de Moldavanka.

Solomontchik Kaplun, filho do dono de uma mercearia, e Mónia Artilheiro, filho de um contrabaixista, contavam entre aqueles que tentavam desviar os olhos para não ver o brilho da felicidade alheia. Os dois passavam por ela, se balançando, como moças que já conheceram o amor, cochichavam um para o outro e começavam a mover as mãos, mostrando como abraçariam Baska, se ela assim quisesse. E Baska logo quis, porque era uma moça simples de Tultchin, cidadezinha gananciosa e míope. Em Baska, havia um peso de cinco *pud** e mais algumas libras, ela havia passado a vida toda com os rebentos perniciosos de Podólia, corretores, livreiros ambulantes, madeireiros, e nunca tinha visto pessoas como aquele Solomon Kaplun. Por isso, ao vê-lo, começou a esfregar a terra com os pés gordos, calçados em sapatos masculinos, e falou para o pai:

— Papai — disse, com voz de trovão. — Olhe só aquele senhorzinho ali: tem umas perninhas que parecem de boneca, eu bem que estrangulava essas perninhas...

— Ei, sr. Gratch — sussurrou então um velho judeu, sentado a seu lado, de sobrenome Golúbtchik. — Estou vendo que sua filha quer pastar capim novo...

— Isso ainda vai dar confusão — Froim respondeu, brincou com o chicote, foi dormir e adormeceu tranquilo, porque não acreditou no velho. Não acreditou no velho e se viu depois que estava redondamente enganado. A verdade estava com Golúbtchik. Era Golúbtchik que tratava dos casamentos em nossa rua, de noite rezava para defuntos prósperos e conhecia a vida de todo mundo, até onde podia ser conhecida. Froim Gratch estava errado. Golúbtchik estava certo.

---

* Um *pud* equivale a 16,3 kg. O peso indicado é de 81,5 kg e algumas libras a mais.

E, de fato, a partir daquele dia, toda tarde, Baska ficava na rua. Sentava no banquinho e costurava seu dote. Mulheres grávidas sentavam a seu lado; pilhas de linho se amontoavam entre os possantes joelhos escarranchados de Baska; as mulheres grávidas se enchiam de tudo que existe, como o úbere da vaca se enche do leite rosado da primavera no pasto, e naquela hora os maridos delas, um atrás do outro, voltavam do trabalho. Os maridos das esposas briguentas esfregavam debaixo da água encanada da torneira suas barbas desgrenhadas e depois cediam lugar para as velhas corcundas. As velhas banhavam meninos gorduchos dentro de tinas, esbofeteavam as nádegas reluzentes dos netos e depois os esfregavam enrolados em suas saias surradas. E então Baska, de Tultchin, viu a vida de Moldavanka, nossa mãe generosa, uma vida repleta de meninos que mamavam, de trapos pendurados para secar e de noites matrimoniais, cheias de elegância suburbana e da disposição incansável dos soldados. A moça queria uma vida assim, mas ali ela soube que a filha do caolho Gratch não podia contar com um bom partido. Foi então que parou de chamar seu pai de pai.

— Ladrão ruivo — gritava para ele, de noite. — Ladrão ruivo, vá jantar...

E isso prosseguiu até Baska ter costurado seis camisolas de dormir e seis pares de calça com babados de renda. Quando terminou as bainhas de renda, desatou a chorar com voz fina, uma voz diferente da sua, e disse entre lágrimas para o impassível Gratch:

— Toda moça — disse ela — tem seu interesse na vida, e eu sou a única que vive como uma sentinela vigiando um armazém que não é meu. Faça alguma coisa comigo, pai, senão vou dar fim à minha vida...

Gratch escutou a filha até o final, vestiu uma capa de lona e, no dia seguinte, foi visitar o dono de mercearia Kaplun, na praça Privóznaia.

Acima da venda de Kaplun reluzia um letreiro dourado. Era a melhor venda da praça Privóznaia. Nela havia o cheiro de muitos mares e de vidas maravilhosas que nós desconhecemos. Um menino molhava com um regador o fundo fresco da loja e cantava uma música que só adultos podem cantar. Solomontchik, filho do dono, estava atrás do balcão; sobre o balcão, expunham-se azeitonas da Grécia, manteiga de Marselha, café em grão, vinho málaga de Lisboa, sardinhas da firma Felipe e Cano e pimenta de Caiena. O próprio Kaplun estava sentado, de colete, num jardim de inverno, uma saleta envidraçada, e comia uma melancia — vermelha, com carocinhos pretos, carocinhos oblíquos, como olhos de um chinês dissimulado. A barriga de Kaplun jazia sobre a mesa, ao sol, e o sol não podia fazer nada com ele. Mas depois o dono da mercearia viu o Gratch, de capa de lona, e empalideceu.

— Bom dia, monsieur Gratch — disse e recuou. — Golúbtchik me preveniu que o senhor viria e preparei para o senhor um saquinho de chá, coisa de primeira...

E começou a falar do novo tipo de chá, trazido para Odessa em navios holandeses. O Gratch ouviu com paciência, mas depois interrompeu, porque era um homem simples, sem artimanhas.

— Sou um homem simples, sem artimanhas — disse Froim. — Vivo no meio de meus cavalos e cuido de meus negócios. Vou dar roupas de cama novas e um par de moedas velhas para o dote de Baska e eu mesmo, em pessoa, estou por trás dela. Se alguém achar que isso é pouco, que queime no fogo...

— Para que vamos queimar? — respondeu Kaplun, falando depressa, e afagou o braço do carroceiro. — Não é preciso usar essas palavras, monsieur Gratch, afinal o senhor é um dos nossos, um homem capaz de ajudar outro homem e, além do mais, capaz de fazer mal a outro homem, e se o senhor não é um rabino de Cracóvia, eu também não casei com a sobrinha de Moisés Montefiore, mas... mas a madame Kaplun... temos aqui a madame

Kaplun, uma dama grandiosa, e nem o próprio Deus sabe o que ela quer...

— Pois eu sei — interrompeu Gratch. — Eu sei que o Solomontchik quer a Baska, mas a madame Kaplun não me quer...

— Sim, eu não quero o senhor — gritou então a madame Kaplun, que estava ouvindo na porta e entrou na saleta de vidro, toda afogueada, com o peito inquieto. — Não quero o senhor, Gratch, como uma pessoa não quer a morte; não quero o senhor, como uma noiva não quer espinhas na cara. Não esqueça que nosso falecido avô era dono de mercearia e nós temos de manter nossa *branche*...*

— Pois mantenha sua *branche* — respondeu Gratch à afogueada madame Kaplun e foi embora para sua casa.

Lá o esperava Baska, elegante em seu vestido laranja, mas o velho, sem olhar para ela, estendeu o casaco de pele embaixo da carroça, deitou e dormiu, até que a pujante mão de Baska o puxou de debaixo da carroça.

— Ladrão ruivo — disse a moça, num sussurro diferente do seu. — Por que eu tenho de suportar suas maneiras de carroceiro e por que o senhor fica mudo feito um tronco, ladrão ruivo?

— Baska — falou Gratch. — Solomontchik quer você, mas a madame Kaplun não me quer... Lá estão atrás é de um dono de mercearia.

E, depois de ajeitar o casaco de pele, o velho rastejou de novo para baixo da carroça, enquanto Baska sumiu do pátio...

Tudo isso aconteceu num sábado, dia em que ninguém trabalha. O olho púrpura do pôr do sol, que vasculhava a terra naquele entardecer, esbarrou com Gratch, que roncava embaixo de sua carroça. Um raio impetuoso cravou-se no adormecido, como uma acusação flamejante, e o fez sair para a rua Dálnitskaia, poeirenta e brilhante como centeio

---

* Do francês, ramo de atividade.

verde ao vento. Tártaros caminhavam subindo pela rua Dálnitskaia, tártaros e turcos, com seus mulás. Estavam voltando de uma peregrinação a Meca, para sua casa nas estepes de Orenburgo e da Transcaucásia. Um navio a vapor os trouxe para Odessa e agora caminhavam do porto para a estalagem de Liubka Shneiveis, chamada de Liubka, a Cossaco. Mantos listrados e endurecidos cobriam os tártaros e inundavam o calçamento com o suor bronzeado do deserto. Havia toalhas brancas enroladas nos barretes, e isso indicava homens que haviam se prostrado diante das cinzas do profeta. Os peregrinos chegaram à esquina, viraram para a estalagem de Liubka mas não puderam passar, porque no portão havia muita gente aglomerada. Liubka Shneiveis, com sua bolsa a tiracolo, batia num mujique embriagado e o empurrava para a rua. Batia na cara, com o punho cerrado, como num tamborim, e com a outra mão segurava o mujique para que não caísse. Filetes de sangue escorriam entre os dentes do mujique e em volta dos ouvidos, ele estava com ar pensativo e olhava para Liubka como se fosse uma desconhecida, depois caiu em cima das pedras e pegou no sono. Então Liubka deu um empurrão no mujique com o pé e voltou para sua estalagem. O vigia Ievziel fechou o portão atrás dela e acenou com a mão para Froim Gratch, que ia passando...

— Meus respeitos, Gratch — disse. — Se quer observar algo da vida, então entre em nossa casa, há uma coisa engraçada...

E o vigia conduziu Gratch para o muro onde estavam sentados os peregrinos que haviam chegado na véspera. Um velho turco de turbante verde, um velho turco verde e leve como uma folha, estava deitado na grama. Estava coberto por um suor perolado, respirava com dificuldade e revirava os olhos.

— Olhe — disse Ievziel, ajeitando uma medalha no paletó surrado. — Veja só, um drama real saído da ópera *A doença turca*. Está nas últimas, o velhote, mas a gente não pode chamar o médico, porque quem morre no caminho de volta do Deus Maomé para sua casa é considerado o mais feliz e mais rico... Khalvach — gritou Ievziel para o moribundo e começou a rir. — Está vindo o médico para curar você.

O turco olhou para o vigia com ódio e medo infantis e virou-se para o outro lado. Então Ievziel, contente da vida, conduziu Gratch para o lado oposto do pátio, rumo à adega de vinhos. Na adega as luzes já estavam acesas e tocavam música. Os velhos judeus de barbas volumosas tocavam canções romenas e judaicas. Méndel Krik bebia numa mesa, num copo verde, e contava como os próprios filhos o haviam aleijado — o mais velho, Bénia, e o mais jovem, Liovka. Bradava sua história com uma voz rouca e terrível, deixava à mostra os dentes triturados e pedia que apalpassem as feridas na barriga. Os *tsadik** de Volin, com caras de porcelana, estavam de pé atrás de sua cadeira e escutavam com pasmo as fanfarronices de Méndel Krik. Admiravam-se com tudo que ouviam, e Gratch os desprezava por isso.

— Velho fanfarrão — exclamou, referindo-se a Méndel, e pediu vinho.

Depois Froim chamou a dona, Liubka, a Cossaco. Ela berrava coisas desbocadas na porta e bebia vodca de pé.

— Fale — berrou para Froim e, de raiva, envesgou os olhos.

— Madame Liubka — disse Froim, sentando-se a seu lado. — A senhora é uma mulher inteligente e eu vim falar com a senhora como se fosse minha querida mãe. Conto com a senhora, madame Liubka. Primeiro com Deus, depois com a senhora.

— Pode falar — berrou Liubka, correu pela adega toda e voltou a seu lugar.

E Gratch respondeu:

---

* Mestre espiritual do judaísmo.

— Nas colônias — disse ele —, os alemães têm uma farta colheita de trigo, e em Constantinopla os comestíveis saem pela metade do preço. Em Constantinopla, compram um *pud* de azeitona por três rublos, enquanto aqui estão vendendo por trinta copeques a libra... Para os donos de mercearia, a coisa vai bem, madame Liubka, os donos de mercearia passeiam por aí bem gorduchos, e quem se aproxima deles com mãos delicadas pode acabar feliz... Mas eu fiquei sozinho no meu trabalho, o falecido Liova o Touro morreu, não tenho ninguém para me ajudar, estou sempre sozinho, como Deus está sozinho no céu.

— O Bénia Krik — disse então Liubka. — Você experimentou o Bénia com o Tartakóvski. O que você vê de ruim no Bénia Krik?

— Bénia Krik? — repetiu Gratch, cheio de espanto. — Pois é, ele é solteiro, não é?

— Solteiro — disse Liubka. — Case o Bénia com a Baska, dê um dinheiro para ele, mande Bénia ganhar a vida com seu trabalho...

— Bénia Krik — repetiu o velho, como um eco, como um eco distante. — Eu não tinha pensado nele...

Levantou-se, resmungando e gaguejando, Liubka correu à frente e Froim seguiu seus passos. Atravessaram o pátio e subiram ao segundo andar. Ali, no segundo andar, moravam mulheres que Liubka mantinha para os hóspedes.

— Nosso noivo está com a Katiucha — disse Liubka para Gratch. — Me espere no corredor. — E ela entrou no quarto da ponta do corredor, onde Bénia Krik estava na cama com uma mulher chamada Katiucha.

— Chega de ficar babando — disse a dona da estalagem para o jovem. — Primeiro, tem de arranjar um trabalho firme, Bénia, e depois pode ficar babando... Froim Gratch quer falar com você. Quer um homem para fazer um trabalho e não consegue achar...

E ela contou tudo que sabia sobre Baska e os negócios do caolho Gratch.

— Vou pensar — respondeu Bénia, cobrindo as pernas nuas de Katiucha com o lençol. — Vou pensar, deixe que o velhote fique me esperando.

— Espere por ele — disse Liubka para Froim, que estava parado no corredor. — Espere, ele vai pensar...

A dona da estalagem puxou uma cadeira para Froim e ele afundou numa espera imensurável. Esperava com paciência, como um mujique numa repartição pública. Do outro lado da parede, Katiucha gemia e se acabava de tanto rir. O velho cochilou duas horas, talvez mais. A tarde já tinha virado noite fazia muito tempo, o céu ficara negro e suas vias lácteas se encheram de ouro, de brilho e de friagem. A adega de Liubka já estava fechada, os bêbados jaziam estirados no pátio que nem móveis quebrados, e o velho mulá de turbante verde morreu por volta da meia-noite. Depois veio uma música do mar, trompetes e cornetas dos navios ingleses, a música veio do mar e silenciou, mas Katiucha, a compenetrada Katiucha, continuava a esquentar para Bénia Krik seu colorido, seu rosado paraíso russo. Ela gemia atrás da parede e se acabava de tanto rir; o velho Froim continuava sentado, sem se mexer, junto à parede do quarto dela, ele esperou até uma hora da madrugada e depois bateu na porta.

— Homem — disse ele. — Por acaso você está rindo de mim?

Então, por fim, Bénia abriu a porta do quarto de Katiucha.

— Monsieur Gratch — disse ele, confuso, radiante e cobrindo-se com o lençol. — Quando a gente é jovem, pensa na mulher como uma mercadoria, mas elas são só palha que queima e não sobra nada...

Vestiu-se, arrumou a cama de Katiucha, deu palmadas nos travesseiros e saiu para a rua com o velho. Passeando, chegaram ao cemitério russo e lá, no cemitério, os interesses de Bénia Krik e do curvado Gratch, o velho ladrão, se acertaram. Combinaram que Baska entregaria a seu futuro marido três mil rublos de dote, dois cavalos puro-sangue e um colar de pérolas. Ficou acertado também que Kaplun era obrigado a pagar dois mil rublos para Bénia, noivo de Baska. Ele era culpado por orgulho familiar — o Kaplun da praça Privóznaia, que enriqueceu com as azeitonas de Constantinopla, não teve clemência do primeiro amor de Baska e por isso Bénia Krik decidiu assumir a responsabilidade de cobrar de Kaplun um dote de dois mil rublos.

— Vou cuidar disso para você, papai — disse para o futuro sogro. — Deus vai nos ajudar e vamos castigar todos os donos de mercearia...

Isso foi dito ao nascer do dia, quando a noite já havia acabado — e então começa uma nova história, a história da queda da casa dos Kaplun, o relato de sua vagarosa ruína, de incêndios criminosos e de tiros disparados à noite. E tudo isso — o destino do arrogante Kaplun e o destino da moça Baska — foi decidido naquela noite, quando o pai dela e seu noivo improvisado vagavam ao lado do cemitério russo. Rapazes arrastavam mocinhas para trás da cerca e beijos estalavam sobre as lápides das sepulturas.

Liubka, a Cossaco

No bairro de Moldavanka, na esquina das ruas Dálnitskaia e Bálkovskaia, fica a casa de Liubka Shneiveis. Em sua casa, há uma adega de vinho, uma estalagem, uma venda de aveia e um pombal para cem pares de pombos de Kriúkov e Nikoláiev. Essas vendas e o lote 46 nas pedreiras de Odessa pertencem a Liubka Shneiveis, chamada de Liubka, a Cossaco, e só o pombal é propriedade do vigia Ievziel, soldado reformado, com uma medalha. Aos domingos, Ievziel vai para a rua Okhótnitskaia e vende pombos para os funcionários da cidade e para os meninos da vizinhança. Na casa de Liubka, moram além do vigia Péssia-Mindl, cozinheira e alcoviteira, e o administrador Tsúdetchkis, um judeu miúdo que, pela altura e pela barba, parece um nosso rabino de Moldavanka: Ben Zkhar. Sobre Tsúdetchkis, sei muitas histórias. A primeira é a história de como Tsúdetchkis se tornou administrador da estalagem de Liubka, chamada de a Cossaco.

Uns dez anos atrás, Tsúdetchkis negociou com um senhor de terra uma debulhadora movida à tração animal e à noite levou o senhor de terra para falar com Liubka, a fim de fechar a compra. Seu comprador tinha bigodes que desciam pelos lados da boca e calçava botas de verniz. Para jantar, Péssia-Mindl lhe serviu peixe recheado à moda judaica e depois lhe arranjou uma senhorita muito bonita chamada Nástia. O senhor de terra pernoitou e, de manhã,

Ievziel acordou Tsúdetchkis, que estava enrolado feito uma bola na soleira do quarto de Liubka.

— Pois bem — disse Ievziel —, ontem à noite você ficou se gabando de que o senhor de terra comprou a debulhadora por intermédio de você, pois fique sabendo que, depois de pernoitar, ele fugiu ao raiar do dia, como o pior dos homens. Agora, pode me passar dois rublos pelos comes e bebes e quatro rublos pela senhorita. Estou vendo que você é um velho malandro.

Mas Tsúdetchkis não entregou o dinheiro. Ievziel, então, o empurrou para dentro do quarto de Liubka e trancou a porta.

— Pronto — disse o vigia —, você vai ficar aqui e depois a Liubka vai vir da pedreira e, com a ajuda de Deus, vai dar uns bons cascudos em você. Amém.

— Seu escravo — retrucou Tsúdetchkis ao soldado e passou a olhar em volta, no quarto novo. — Você não sabe de nada, seu condenado, só sabe do seu pombal, já eu ainda acredito em Deus, que vai me tirar daqui, assim como tirou todos os judeus primeiro do Egito e depois do deserto...

O vendedor miúdo ainda queria falar muita coisa para Ievziel, mas o soldado pegou a chave e foi embora, batendo as botas com força. Então Tsúdetchkis virou-se e viu junto à janela a alcoviteira Péssia-Mindl, que estava lendo *Os milagres e o coração de Báal Shem*. Lia o livro hassídico de borda dourada e, com o pé, balançava um berço de carvalho. No berço estava o filho de Liubka, Davidka, que chorava.

— Estou vendo que este presídio de Sacalina é bem organizado — disse Tsúdetchkis para Péssia-Mindl. — Tem aí um bebê morrendo de tanto chorar, dá pena de ver, e a senhora, sua gorda, fica sentada feito uma pedra na floresta e não pode dar o peito para ele...

— Dê você o peito para ele — retrucou Péssia-Mindl, sem desviar os olhos do livro. — Só não sei se ele vai mamar no seu peito, velho trapaceiro, porque ele já é grandinho feito um mujique russo e só quer saber do leite da mamãe. Só que sua mãezinha está pulando lá pelas suas pedreiras, toma chá com os judeus na taberna O Urso, compra mercadorias contrabandeadas no porto e pensa tanto no filho quanto na neve que já passou...

— Sim — disse consigo, então, o vendedor miúdo. — Você está nas mãos do faraó, Tsúdetchkis.

E se voltou para a parede do lado leste, murmurou a prece matinal inteira, com os acréscimos, e depois tomou nos braços o bebê chorão. Davidka olhou bem para ele, com perplexidade, e sacudiu as perninhas rubras encharcadas de suor infantil, mas o velho começou a caminhar pelo quarto e, balançando-se como um *tsadik* numa prece, pôs-se a cantarolar uma canção interminável.

— A-a-a — cantou. — Para todas as crianças, nada, mas para o nosso Davídotchka, doces, para que durma dia e noite... A-a-a, para todas as crianças, murros...

Tsúdetchkis mostrou para o filho de Liubka o punho cerrado, com pelos grisalhos, e pôs-se a repetir o nada, os doces, até o menino adormecer e até o sol surgir no meio do céu brilhante. O sol chegou até a metade do céu e começou a tremer como uma mosca esgotada pelo calor. Os mujiques selvagens de Nerubaisk e Tatarka, hospedados na estalagem de Liubka, tinham rastejado para baixo das carroças e lá pegaram num sono selvagem e embriagado. Um carpinteiro bêbado saiu andando rumo ao portão e, depois de deixar cair a plaina para um lado e a serra para o outro, desabou sobre a terra, desabou e começou a roncar, no meio de um mundo de moscas douradas e de relâmpagos azuis de julho. Perto dele, num lugar fresco, se acomodaram os colonos alemães enrugados que tinham trazido para Liubka o vinho da fronteira da Bessarábia. Começaram a fumar cachimbo e a fumaça de seus tubos arqueados se misturou às cerdas grisalhas de suas caras velhas e barbadas. O sol se pendurava no céu como a língua rosada de um cachorro sedento, o mar gigantesco rolava ao longe em Peréssip e os mastros dos navios distantes flutuavam na água esmeralda da baía de Odessa. O dia viajava numa barquinha colorida, o dia nadava debaixo d'água rumo à noite e, já quase de noite, depois das quatro horas, Liubka voltou da cidade. Veio num cavalinho ruão, barrigudo, de crina comprida. Um rapaz de pernas grossas e camisa estampada abriu o portão para ela. Ievziel segurou a rédea do cavalo e então Tsúdetchkis gritou para Liubka, de dentro de sua prisão:

— Meus respeitos à senhora, madame Shneiveis, e bom dia. A senhora ficou três anos fora cuidando de negócios e deixou nos meus braços um bebê faminto...

— Cale a boca, palhaço — retrucou Liubka, desceu da sela e perguntou para Ievziel: — Quem é que está berrando desse jeito pela janela do meu quarto?

— É o Tsúdetchkis, o velho malandro — respondeu o soldado com uma medalha e começou a contar toda a história do senhor de terra, mas não chegou ao fim, porque o vendedor o interrompeu, berrando esganiçado e com toda força:

— Que desaforo — esbravejou, e jogou o solidéu para o lado de fora. — Que desaforo largar um bebê nos braços dos outros e sumir por três anos... Venha dar o peito para ele...

— Vou é pegar você de jeito, seu pilantra — resmungou Liubka e correu para a escada. Entrou no quarto e tirou o peito da blusa poeirenta.

O menino estendeu os braços para ela, mordiscou o mamilo monstruoso, mas não gostou do leite. Uma veia inchou na testa da mãe e Tsúdetchkis lhe disse, sacudindo o solidéu:

— A senhora quer agarrar tudo, gananciosa Liubka; puxa o mundo inteiro para si, como as crianças puxam a toalha de mesa com as migalhas de pão; a senhora quer o melhor trigo e a melhor uva, quer assar o pão branco no sol mais forte, e seu filho miúdo, esse menino, é que nem uma estrela que tem de se apagar por falta de leite...

— Como é que vou ter leite — berrou a mulher e espremeu o peito — se hoje ancorou o *Plutarco* e andei cinquenta verstas debaixo de um calor de rachar? E você, você já cantou uma música muito comprida, velho judeu... é melhor pagar os seis rublos.

Mas, de novo, Tsúdetchkis não deu o dinheiro. Abriu a manga, desnudou o braço e enfiou o cotovelo magro e imundo na boca de Liubka.

— Morra sufocada, sua presidiária — disse ele, e cuspiu no canto do quarto.

Liubka segurou o cotovelo na boca, depois tirou, fechou o quarto à chave e foi para o lado de fora. Ali, já a esperava mister Trottibearn, parecido com uma pilastra de carne ruiva. Mister Trottibearn era o chefe da casa de máquinas do *Plutarco*. Levou dois marinheiros à casa de Liubka. Um deles era inglês, o outro, malaio. Os três arrastaram para o pátio um contrabando trazido de Port Said. A caixa era pesada, eles deixaram cair no chão, e da caixa pularam charutos embrulhados em seda japonesa. Um monte de mulheres veio correndo ver a caixa e duas ciganas forasteiras, se balançando e tilintando, se aproximaram pelo lado.

— Fora daqui, malandras! — gritou Liubka, levando os marinheiros para a sombra, embaixo de uma acácia. Sentaram em volta de uma mesa, Ievziel serviu vinho e mister Trottibearn desembrulhou suas mercadorias. Tirou de seu pacote charutos, seda fina, cocaína, limas, tabaco a granel do estado da Virgínia e vinho preto, comprado na ilha de Quios. Todas as mercadorias tinham um preço especial e cada cifra era brindada com vinho da Bessarábia, que tinha cheiro de sol e de percevejo. O pôr do sol corria pelo pátio, o pôr do sol corria como uma onda vespertina num rio largo, e o malaio embriagado, cheio de admiração, tocou no peito de Liubka com o dedo. Tocou nela com um dedo, depois com todos os dedos, um de cada vez.

Seus olhos amarelos e meigos pendiam acima da mesa como lampiões de papel numa rua chinesa; começou a cantarolar tão baixo que mal dava para ouvir e tombou no chão quando Liubka o empurrou com o punho cerrado.

— Veja só como é bem alfabetizado — disse Liubka para mister Trottibearn, referindo-se ao malaio. — Desperdiço meu último leite por causa desse malaio e aquele judeu quase me mata por causa desse leite...

E apontou para Tsúdetchkis, que estava na janela, lavando as meias. Uma lamparina enfumaçava o quarto onde estava Tsúdetchkis, a bacia chiava e espumava, ele pôs a cabeça para fora pela janela, pois tinha percebido que falavam a seu respeito, e gritou com desespero:

— Me salvem, minha gente! — berrou e agitou os braços.
— Cale a boca, palhaço! — Liubka deu uma gargalhada.
— Cale a boca.

Tacou uma pedra no velho, mas não acertou da primeira vez. Aí a mulher pegou uma garrafa vazia, no meio do vinho. Mas mister Trottibearn, o chefe da casa de máquinas, tomou dela a garrafa, fez pontaria e acertou em cheio na janela aberta.

— Miss Liubka — disse o chefe da casa de máquinas, se levantando e ajeitando as pernas embriagadas. — Muita gente decente me procura, miss Liubka, atrás de mercadorias, mas não entrego para ninguém, nem para o mister Kuninzon nem para o mister Bátia nem para o mister Kúptchik, para ninguém a não ser a senhora, porque gosto de conversar com a senhora, miss Liubka...

E, firmando-se nas pernas bambas, segurou pelos ombros seus dois marinheiros, um inglês e o outro malaio, e saiu dançando com eles pelo pátio, que havia esfriado. O pessoal do *Plutarco* dançava num silêncio compenetrado. A estrela laranja que descambava na pontinha do horizonte cravava neles seu olho atento. Depois receberam o dinheiro, ficaram de braços dados e saíram para a rua, se balançando como balançam todos os lampiões num navio. Da rua podiam ver o mar, a água preta da baía de Odessa, as bandeiras de brinquedo nos mastros afundados e luzes penetrantes acesas nas vastas profundezas. Liubka acompanhou até o cruzamento os visitantes que dançavam; ficou sozinha na rua vazia, começou a rir dos próprios pensamentos e voltou para casa. O rapaz sonolento de camisa estampada fechou o portão depois que ela entrou. Ievziel entregou à patroa a renda do dia e ela subiu ao seu quarto para dormir. Lá, Péssia-Mindl, a alcoviteira, já estava cochilando e Tsúdetchkis, com os pés descalços, balançava o berço de carvalho.

— Como a senhora me atormentou, desavergonhada Liubka — disse ele e tirou a criança do berço. — Mas agora aprenda comigo, mãe asquerosa...

Colocou um pente fino no peito de Liubka e pôs o filho dela na cama. O bebê estendeu as mãos para a mãe, espetou-se no pente e começou a chorar. Então o velho empurrou uma mamadeira para a criança, mas Davidka desviou a cara do bico.

— Que feitiço é esse que está fazendo comigo, velho vigarista? — resmungou Liubka, pegando no sono.

— Cale a boca, mãe asquerosa! — retrucou Tsúdetchkis. — Cale a boca, aprenda, e que se dane...

O menino se espetou de novo no pente, hesitante, pegou a mamadeira e começou a mamar.

— Pronto — disse Tchúdetchkis e começou a rir. — Eu desmamei seu filho, aprenda comigo e que se dane...

Davidka estava deitado no berço, mamava na mamadeira e deixava escorrer uma baba feliz. Liubka acordou, abriu os olhos e fechou de novo. Viu o filho e a lua, que rompia a janela e chegava até ela. A lua saltava por cima das nuvens negras como um bezerro extraviado.

— Está bem — disse Liubka. — Abra a porta para o Tsúdetchkis, Péssia-Mindl, e deixe que amanhã ele venha pegar uma libra de tabaco americano...

E no dia seguinte Tsúdetchkis foi pegar uma libra de tabaco a granel do estado da Virgínia. Recebeu o tabaco e mais um saquinho de chá, de brinde. Uma semana depois, quando procurei Ievziel para comprar pombos, vi um novo administrador da casa de Liubka. Era minúsculo, que nem nosso rabino Ben Zkhar. Tsúdetchkis era o novo administrador.

Permaneceu em seu novo emprego uns quinze anos e, durante esse tempo, eu soube muitas histórias dele. E, se puder, vou contar uma por uma, porque são histórias muito interessantes.

O pôr do sol

Certa vez, Liovka, o mais jovem dos Krik, viu Tabl, a filha de Liubka. "Tabl" quer dizer "pombo". Ele viu a moça e passou três dias e três noites fora de casa. A poeira de outras calçadas e os gerânios de outras janelas lhe deram consolo. Depois de três dias e três noites, Liovka voltou para casa e alcançou o pai no jardim. O pai estava jantando. Madame Goróbtchik estava sentada junto ao marido e espiava em volta feito um assassino.

— Vá embora, filho vagabundo — disse papai Krik ao ver Liovka.

— Pai — respondeu Liovka. — Pegue o diapasão e apure os ouvidos.

— O que é que houve?

— Tem uma moça — disse o filho. — Ela tem cabelo louro. Chama-se Tabl. "Tabl" quer dizer "pombo". Fiquei de olho nessa moça.

— Ficou de olho no esgoto — disse o pai Krik. — E a mãe dela é uma cafetina.

Depois de ouvir as palavras do pai, Liovka arregaçou as mangas e ergueu a mão sacrílega para o pai. Porém a madame Goróbtchik deu um pulo e se meteu entre os dois.

— Méndel — berrou esganiçada —, quebre a cara do Liovka! Ele devorou onze almôndegas...

— Você devorou onze almôndegas da sua mãe! — esbravejou Méndel e partiu para cima do filho, mas ele deu meia-volta e fugiu do pátio, e Béntchik, seu irmão mais velho, foi atrás dele. Rodaram pelas ruas até de madrugada, ofegantes como o fermento em que ferve a vingança, e no fim Liovka disse ao irmão Bénia, o qual estava destinado, dali a alguns meses, a se tornar o Rei Bénia:

— Béntchik — disse —, vamos cuidar disso nós mesmos e aí as pessoas vão vir beijar nossos pés. Vamos matar o papai, que o povo de Moldavanka já não chama mais de Méndel Krik. Moldavanka o chama de Méndel Pogrom. Vamos matar o papai, para que esperar mais?

— Ainda não está na hora — respondeu Béntchik —, mas a hora vai chegar. Escute os passos dele e abra caminho. Dê passagem para ele, Liovka.

E Liovka deu passagem, recuou para abrir caminho para o tempo. E ele, o tempo — esse velho contador —, avançou e, no caminho, encontrou Dvoira, irmã do Rei, Manassés, o cocheiro, e a moça russa chamada Marússia Ievtuchenko.

Há dez anos, eu ainda conhecia homens que queriam ter Dvoira, a filha de Méndel Pogrom, mas agora uma papada balança embaixo do queixo de Dvoira e seus olhos saltaram das órbitas. Ninguém mais quer a Dvoira. Só há pouco tempo apareceu um viúvo maduro, com filhas já adultas. Ele precisava de uma carroça grande e dois cavalos. Ao saber disso, Dvoira lavou bem seu vestido verde e pendurou ao ar livre para secar. Ela se arrumou para ir falar com o viúvo e saber se era muito velho, de que cavalos precisava e se ela podia aceitar o homem. Mas o papai Krik não queria saber de viúvos. Pegou o vestido verde, escondeu na sua carroça e foi para o trabalho. Dvoira aqueceu o ferro para passar a roupa, mas não achou o vestido. Aí Dvoira caiu no chão e teve um ataque. Os irmãos arrastaram Dvoira para a torneira e a afundaram na água. Está vendo, minha gente, a mão do pai deles, chamado de Pogrom?

Agora, o Manassés, o velho cocheiro, que guiava a

Dama de Honra e o Sábio Salomão. Para sua desgraça, ele soube que os cavalos do velho Butsis, de Froim Gratch e de Khaim Drong tinham ferraduras de borracha. Tomando seu exemplo, Manassés foi à casa de Cinco Rublos e pôs ferraduras de borracha no Sábio Salomão. Manassés adorava o Sábio Salomão, mas papai Krik lhe disse:

— Não sou Khaim Drong nem Nicolau II para que meus cavalos trabalhem com borracha nos pés.

E pegou Manassés pelo colarinho, levantou-o até sua carroça e saiu do pátio. Manassés estava pendurado na ponta do seu braço estendido, como se fosse uma forca. O pôr do sol fervia no céu, um pôr do sol espesso, como geleia, sinos gemiam na igreja de Alekséiev, o sol se punha atrás de Blíjnie Melnítsi,* e Liovka, filho do dono da casa, andava atrás da carroça feito um cão atrás do dono.

Uma multidão incalculável corria atrás dos Krik, como se a carroça fosse uma ambulância, e Manassés estava pendurado na incansável mão de ferro.

— Pai — falou então Liovka. — Na sua mão esticada, o senhor esprime meu coração. Solte e deixe meu coração rolar na poeira.

Mas Méndel Krik nem se virou. Os cavalos ganharam velocidade. As rodas rugiam e as pessoas tinham um grito pronto na garganta. A carroça entrou na rua Dálnitskaia, rumo à casa do ferreiro Ivan Cinco Rublos. Méndel empurrou o cocheiro Manassés contra a parede e jogou-o dentro da ferraria, em cima de um monte de ferros. Então Liovka correu para pegar um balde de água e derramou em cima do velho cocheiro Manassés. Será que agora, minha gente, vocês já conhecem a mão de Méndel, pai dos Krik, chamado de Pogrom?

— Chegou a hora — disse um dia Béntchik, e seu irmão Liovka recuou para dar passagem ao tempo. E assim Liovka se fez de morto, até Maróssia Ievtuchenko engravidar.

---

* "Moinhos próximos." Nome de um bairro.

— Marússia ficou grávida — as pessoas começaram a cochichar, e papai Krik riu ao ouvir aquilo.

— Marússia ficou grávida — disse ele, e riu como uma criança. — Que desgraça para toda Israel. E quem é essa Marússia?

Naquele instante, Bénia chegou da cocheira e pôs a mão no ombro do pai.

— Eu adoro as mulheres — disse Bénia em tom severo e entregou ao pai vinte e cinco rublos, porque queria que a limpeza fosse feita por um médico e numa clínica, e não na casa de Marússia.

— Vou dar esse dinheiro para ela — disse o pai. — E ela vai fazer a limpeza, do contrário, que eu não viva mais nenhuma alegria neste mundo.

E na manhã seguinte, na hora de costume, ele atrelou os cavalos Arrombador e Esposa Amorosa, saiu e, na hora do almoço, Marússia Ievtuchenko apareceu na casa dos Krik.

— Béntchik — disse ela. — Eu amava você, seu maldito.

E atirou dez rublos na cara dele. Duas notas de cinco nunca vão dar mais do que dez.

— Vamos matar o papai — disse Bénia para o irmão Liovka, e os dois se sentaram num banquinho junto ao portão e, com eles, sentou-se Semion, filho do zelador Aníssim, homem de sete anos de idade. E quem diria que um zé-ninguém de sete anos de idade já era capaz de amar e de odiar? Quem ia imaginar que ele amava Méndel Krik? Mas amava.

Os irmãos estavam sentados no banquinho e calculavam quantos anos o pai podia ter e que rabo ainda sobrava para além de seus sessenta anos, e Semion, o filho do zelador Aníssim, estava sentado ao lado deles.

Naquela hora, o sol ainda não tinha alcançado Blíjni Melnítsi. Ele escorria para dentro das nuvens como o sangue de um porco degolado, e as carroças do velho Bútsis chacoalhavam pelas ruas, de volta do trabalho. As vaqueiras tiravam leite das vacas pela terceira vez e as empregadas de madame Parabellum arrastavam para ela, na varanda, os baldes do leite vespertino. E a madame Parabellum estava na varanda, de pé, e batia palmas.

— Mulheres — gritava —, minhas mulheres e as dos outros, Berta Ivánovna, que fazem sorvete e *kefir*!* Venham pegar o leite da tarde.

Berta Ivánovna, professora de língua alemã que ganhava por aula dois quartos de leite, foi a primeira a receber sua porção. Depois veio Dvoira Krik para espiar quanta água e quanto bicarbonato de sódio a madame Parabellum derramava no seu leite.

Mas Béntchik afastou a irmã para o lado.

— Hoje à noite — disse ele —, se você vir que o velho nos matou, parta para cima dele e esmague sua cabeça com a caçarola. E que seja o fim da firma Méndel Krik e Filhos.

— Amém, e boa sorte — respondeu Dvoira e saiu pelo portão. Viu que Semion, filho de Aníssim, não estava mais no pátio e que toda Moldavanka estava indo para a casa dos Krik.

Moldavanka ia em multidão, como se no pátio dos Krik houvesse um velório. Os moradores andavam para lá como se fossem para a praça Iarmarótchnaia no segundo dia da Páscoa. O mestre ferreiro Ivan Cinco Rublos trazia sua nora grávida e seus netos. O velho Bútsis chamou a sobrinha, que tinha chegado de barco de Kámenets-Podolsk, no outro lado da baía. Tabl vinha com um homem russo. Ela se apoiava no braço dele e brincava com uma fita de sua trança. Depois de todos veio Liubka a galope num garanhão ruão. E só Froim Gratch veio sozinho, ruivo como ferrugem, caolho e com uma capa de lona.

As pessoas se sentaram no jardim e desembrulharam as comidas. Os empregados de oficinas tiraram os sapatos,

---

* *Kefir*: bebida láctea fermentada, originária do Cáucaso.

mandaram as crianças pegar cerveja e apoiaram a cabeça na barriga das esposas. E então Liovka falou para Béntchik, seu irmão:

— Méndel Pogrom é nosso pai — disse — e madame Goróbtchik é nossa mãe, e essa gente são uns cachorros. Nós estamos trabalhando para cachorros.

— A gente tem de pensar bem — respondeu Béntchik, porém mal teve tempo de pronunciar essas palavras quando um trovão roncou na rua Golóvkovskaia. O sol levantou voo e começou a girar como uma tigela vermelha na ponta de uma lança. A carroça do velho andava ligeiro na direção do portão. Esposa Amorosa estava coberta de espuma. Arrombador tentava rasgar os arreios. O velho fazia o chicote assoviar acima dos cavalos enraivecidos. Estava de pé, com as pernas enormes muito abertas, o suor rubro pingava do seu rosto, ele cantava canções com voz bêbada. E foi ali que Semion, filho de Aníssim, rastejou como uma serpente entre as pernas de alguém, pulou para o meio da rua e começou a berrar com toda força:

— Vire sua carroça, titio Krik, seus filhos querem dar uma surra no senhor...

Mas já era tarde. Papai Krik entrou voando no pátio, puxado pelos cavalos espumosos. Ele ergueu o chicote, abriu a boca e... silêncio. As pessoas sentadas no jardim cravaram os olhos nele. Béntchik estava no lado esquerdo, perto do pombal. Liovka estava no lado direito, perto da casinha do zelador.

— Povo e senhores! — falou Méndel Krik, mas quase não deu para ouvir, e largou o chicote. — Olhem só, meu próprio sangue está levantando a mão contra mim.

E, depois de descer da carroça, o velho se atirou em cima de Bénia e esmagou seu nariz com um murro. Aí Liovka veio correndo e fez o que pôde. Embaralhou a cara do pai como se fosse um baralho novo. Mas o velho era costurado com o couro do diabo e as costuras desse couro eram reforçadas com ferro fundido. O velho torceu o braço de Liovka e o jogou no chão, ao lado do irmão. Sentou em cima do peito de Liovka e as mulheres cobriram os olhos para não ver os dentes quebrados do velho e o rosto banhado de sangue. E naquele instante os moradores da indescritível Moldavanka ouviram os passos ligeiros de Dvoira e sua voz:

— Pelo Liovka — disse ela —, pelo Béntchik, por mim, Dvoira, e por todo mundo — e foi batendo em cheio na cabeça do pai com a caçarola. As pessoas se levantaram com um pulo e correram para eles, abanando os braços. Puxaram o velho para debaixo da torneira, como tinham feito tempos antes com a Dvoira, e abriram a água. O sangue escorria pela calha como água e a água escorria como sangue. Madame Goróbtchik se enfiou à força no meio da multidão e abriu caminho para lá, saltitando como um pardal.

— Não se cale, Méndel — dizia ela num sussurro. — Grite alguma coisa, Méndel...

Mas, ouvindo o silêncio no pátio e vendo que o velho tinha chegado do trabalho e não tinha desatrelado os cavalos e que ninguém tinha jogado água nas rodas aquecidas, ela saiu correndo destrambelhada pelo pátio, como um cachorro de três patas. E então os respeitáveis senhores se aproximaram. Papai Krik estava deitado, com a barba virada para cima.

— Acabou-se — disse Froim Gratch e deu meia-volta.

— Fim de linha — disse Khaim Drong, mas o ferreiro Ivan Cinco Rublos brandiu um dedo acusador bem na frente do seu nariz.

— Três contra um — disse Cinco Rublos. — Vergonha para todo o povo de Moldavanka, mas ainda não chegou a noite. Ainda não vi neste mundo um moleque capaz de dar cabo do velho Krik...

— Já é noite — cortou Arie-Leib, que apareceu ninguém viu de onde. — Já é noite, sim, Ivan Cinco Rublos. Não diga "não", homem russo, quando a vida esbraveja "sim" para você.

E, sentando ao lado do papai Krik, Arie-Leib esfregou um lenço em seus lábios, beijou sua testa e lhe falou sobre o rei Davi, o rei dos hebreus, que tinha muitas esposas, muitas terras e riquezas e sabia chorar na hora certa.

— Não fique choramingando, Arie-Leib — gritou Khaim Drong e começou a empurrar Arie-Leib pelas costas. — Não venha cantar música de funeral para a gente, você não está no cemitério!

E, virando-se para papai Krik, Khaim Drong disse:

— Levante, velho carroceiro, limpe a garganta, fale para a gente alguma coisa desbocada, como você sabe fazer, velho bugre, e prepare um par de carroças para de manhã, tenho um lixo para carregar...

E o povo todo ficou esperando o que Méndel ia falar sobre as carroças. Mas ele ficou calado muito tempo, depois abriu os olhos e começou a mexer a boca, entupida de lama e de cabelo, e o sangue escorreu por entre os lábios.

— Não tenho carroças — disse o papai Krik. — Os filhos me mataram. Que eles cuidem do negócio.

E nem por isso era para ter inveja dos que tomaram posse da amarga herança de Méndel Krik. Nem por isso era para ter inveja deles, porque todo o feno nas gamelas da cocheira tinha apodrecido muito tempo antes e metade das rodas tinha de ser reparada. O letreiro acima do portão tinha quebrado, não dava para ler nenhuma palavra, e a última roupa de baixo de todos os cocheiros já havia estragado. Metade da cidade devia dinheiro para Méndel Krik, mas, em vez de lamber a aveia nas gamelas, os cavalos lambiam números escritos a giz na parede. O dia inteiro mujiques vieram falar com os herdeiros espantados e cobravam dinheiro por cevada e palha picada. O dia inteiro vieram mulheres para tirar do penhor anéis de ouro e samovares niquelados. A tranquilidade abandonou a casa dos Krik, mas Bénia, que dali a alguns meses estava destinado a virar Bénia, o Rei, não se rendia, encomendou um letreiro novo: "Empresa fornecedora de carroças Méndel

Krik e Filhos". Era para estar escrito em letras douradas sobre fundo azul, com ferraduras de bronze trançadas. Comprou também uma peça de algodão listrado para fazer as roupas de baixo dos cocheiros e um tipo excelente de madeira para reformar as carroças. Contratou Cinco Rublos por uma semana inteira e enviou faturas para todos os clientes. Na noite do dia seguinte, acredite, minha gente, ele estava mais esgotado do que se tivesse feito quinze viagens do porto de Arbuz para o mercado de Odessa. E à noite, acredite, minha gente, ele não achou em casa nenhuma migalha de pão e nenhum prato lavado. Agora, abarque com o pensamento a rematada barbárie da madame Goróbtchik. A imundície não varrida jazia nos cômodos, uma extraordinária galantina de vitela tinha sido jogada para os cachorros. E madame Goróbtchik ficava plantada junto à cama do marido, como um corvo banhado em lavagem de porcos, pousado num galho de outono.

— Fique de olho neles — disse então Béntchik para o irmão caçula. — Fique com o microscópio em cima deles, esse par de recém-casados, porque, acredite em mim, Liovka, eles estão armando alguma coisa contra a gente.

Assim falou para Liovka seu irmão Béntchik, que enxergava tudo através de seus olhos de Bénia, o Rei, mas ele, Liovka, o escudeiro, não acreditou e foi dormir. Seu pai também já estava roncando em seu leito de tábuas, enquanto madame Goróbtchik rolava de um lado para o outro. Ela cuspia na parede e escarrava no chão. O caráter maléfico atrapalhava seu sono. Por fim, ela também dormiu. As estrelas se espalharam na janela, como soldados quando correm para defecar, estrelas verdes pelo campo azul. Um gramofone, mais para o lado, na casa de Piétka Ovsiánitsa, começou a tocar canções hebraicas, depois também o gramofone emudeceu. A noite começou a cuidar de sua vida e o ar, um ar generoso, se derramou pela janela sobre Liovka, o caçula dos Krik. Ele adorava o ar, o Liovka. Estava deitado, respirava, cochilava e brincava com o ar. Experimentava aquele estado de fartura e assim continuou, até que ouviu um rangido e um rumor na cama do pai. O rapaz cobriu os olhos e pôs os ouvidos em alerta. Papai Krik levantou a cabeça, como um camundongo que fareja, e desceu da cama. O velho puxou de debaixo do travesseiro um saco de dinheiro e pendurou as botas no ombro. Liovka deixou que ele saísse, pois para onde poderia ir, afinal, o cão velho? Depois, o rapaz foi atrás do pai e viu que Béntchik vinha do outro lado do pátio, se esgueirando junto à parede. O velho rastejava na direção das carroças, sem fazer barulho, enfiou a cabeça na cocheira e assoviou para os cavalos, que vieram correndo esfregar o focinho na cabeça de Méndel. A noite estava no pátio, atulhada de estrelas, de ar azul e de silêncio.

— Psss... — fez Liovka, pondo o dedo sobre os lábios, e Béntchik, que veio sorrateiro do outro lado do pátio, também pôs o dedo sobre os lábios. Papai Krik assoviou para os cavalos como se fossem crianças, depois correu entre as carroças e saltou para o portão.

— Aníssim — disse em voz baixa e bateu na janelinha da casinha do zelador. — Aníssim, meu coração, abra o portão para mim.

Aníssim saiu da casinha, o cabelo desgrenhado feito feno.

— Velho patrão — disse ele. — Peço ao senhor que seja generoso, não fique com raiva de mim, sou um homem simples. Vá descansar, patrão...

— Abra o portão para mim — sussurrou papai Krik, mais baixo ainda. — Sei que vai fazer isso, Aníssim, meu coração...

— Volte para casa, Aníssim — falou então Béntchik, que veio na direção da casinha do zelador e pôs a mão no ombro do pai. E Aníssim viu na sua frente o rosto de Méndel Pogrom ficar branco feito papel, e deu meia-volta para não ver mais a cara que fez seu patrão.

— Não bata em mim, Béntchik — disse o velho Krik,

recuando. — Quando vão chegar ao fim as torturas do seu pai?...

— Ah, pai cretino — retrucou Béntchik. — Como foi capaz de falar o que falou?

— Fui capaz! — gritou Méndel e deu um murro na própria cabeça. — Fui capaz, sim, Béntchik! — gritou e, com toda força, começou a se sacudir, como um epiléptico. — Olhe esse pátio aqui à minha volta, foi onde paguei minha penitência por metade da vida. Ele, esse pátio, me viu ser pai de meus filhos, ser marido de minha esposa e dono de meus cavalos. Viu minha glória e a de meus vinte garanhões e a de minhas doze carroças, reforçadas com ferro. Viu minhas pernas inabaláveis, como colunas, e minhas mãos, minhas mãos malvadas. Mas agora, caros filhos, abram o portão para mim, deixem que hoje seja como eu quero, deixem que eu vá embora desta casa que já viu coisas demais...

— Papai — respondeu Bénia, sem erguer os olhos. — Volte para sua esposa.

Mas já não havia motivo para voltar para madame Goróbtchik. Ela mesma veio correndo para o portão e se jogou no chão, sacudindo no ar as pernas velhas e amarelas.

— Ai — gritava, rolando na terra. — Méndel Pogrom e meus filhos, meus bastardos... O que foi que fizeram comigo, meus bastardos, o que foi que fizeram com meus cabelos, com meu corpo, onde foram parar meus dentes, onde foi parar minha juventude...

A velha guinchava, arrancou a blusa dos ombros, se pôs de pé e começou a correr em círculos, como um cão que quer morder a si mesmo. Ela arranhou o rosto dos filhos, beijou o rosto dos filhos e rasgou suas bochechas.

— Ladrão velho — urrava a madame Goróbtchik e pulava em volta do marido e enrolava e puxava os bigodes dele. — Ladrão velho, meu velho Méndel...

Todos os vizinhos acordaram com a gritaria dela, todo mundo entrou correndo pelo portão e a criançada começou a apitar suas flautinhas. Moldavanka acorreu para ver o escândalo. E Bénia Krik, que chegou a ficar grisalho de vergonha diante dos olhos das pessoas, a muito custo fez seus recém-casados voltarem para dentro de casa. Ameaçou as pessoas com um sarrafo, enxotou-as para o portão, mas Liovka, o irmão caçula, agarrou-o pelo colarinho e começou a sacudi-lo como uma pereira.

— Béntchik — disse. — Estamos torturando o velho... As lágrimas estão me roendo por dentro, Béntchik...

— As lágrimas estão roendo você por dentro — repetiu Béntchik e, juntando a saliva na boca, cuspiu na cara de Liovka. — Ah, irmão cretino — sussurrou. — Irmão ordinário, desamarre minhas mãos e não se enrole nos meus pés.

E Liovka desamarrou as mãos dele. O rapaz dormiu na cocheira até o raiar do dia e depois sumiu de casa. A poeira de outras calçadas e os gerânios de outras janelas lhe deram consolo. O jovem palmilhou as estradas do desgosto, consumiu dois dias e duas noites e, ao voltar no terceiro dia, viu o letreiro azul flutuando acima da casa dos Krik. O letreiro azul tocou seu coração, as toalhas de mesa de veludo deixaram os olhos de Liovka de perna bamba, as toalhas de mesa de veludo estavam abertas sobre as mesas e muitas visitas gargalhavam no jardim. Dvoira, de touca branca de rede, andava no meio das visitas, mulheres engomadas reluziam sobre a grama, como chaleiras esmaltadas, e empregados de oficinas, de passo gingado, que já haviam tido tempo de tirar seus paletós, agarraram Liovka e o empurraram para dentro de casa. Lá, o mais velho dos Krik, Méndel Krik, já estava sentado, com a cara retalhada. Úcher Boiárski, o proprietário da firma Chef d'Oeuvre, o alfaiate corcunda Efim e Bénia Krik rodopiavam em volta do desfigurado papai.

— Efim — disse Úcher Boiárski para seu alfaiate. — Tenha a bondade de se aproximar de nós e tirar as medidas do monsieur Krik para fazer um terno colorido *pri-*

ma, como se fosse para alguém de sua família, e não tenha receio de lhe fazer uma pequena pergunta: que modelo o cavalheiro prefere, marinheiro inglês de peito duplo, civil inglês só com uma fileira de botões, *Demi-Saison* de Lodz ou moscovita encorpado...

— Que traje o senhor deseja costurar? — perguntou Béntchik ao papai Krik. — Confesse ao monsieur Boiárski.

— Aquilo que você tem no coração pelo seu pai — respondeu o papai Krik e enxugou uma lágrima do olho — mostra o tipo de roupa que quer para ele.

— Já que o papai não é da Marinha — interrompeu Bénia —, é mais conveniente que use um traje civil. Primeiro escolha para ele um terno adequado para o uso diário.

Monsieur Boiárski se adiantou e inclinou a orelha.

— Exprima seu pensamento, senhor — disse ele.

— Meu pensamento é o seguinte — respondeu Bénia...

História do meu pombal

Para M. Górki

Quando criança, eu queria muito ter um pombal. Em toda minha vida, nunca tive um desejo mais forte. Estava com nove anos quando papai prometeu me dar o dinheiro para comprar tábuas e três pares de pombos. Era o ano de 1904. Eu estava me preparando para os exames para a série preparatória do ginásio de Nikoláiev. Minha família morava na cidade de Nikoláiev, na província de Kherson. Essa província não existe mais, nossa cidade passou para a região de Odessa.

Eu já tinha feito nove anos e estava com medo dos exames. Nas duas matérias — russo e aritmética —, eu não podia tirar menos de cinco. A porcentagem da cota de judeus em nosso ginásio era muito reduzida: só cinco por cento. Dos quarenta meninos admitidos na série preparatória, só dois podiam ser judeus. Os professores interrogavam esses meninos de maneira ardilosa; não faziam a mais ninguém perguntas tão complicadas como faziam para nós. Por isso meu pai, ao prometer comprar um pombal, exigiu em troca duas notas cinco com louvor. Ele me martirizava de verdade, eu caí num interminável sonho infantil, no comprido sonho infantil do desespero, fui para os exames no meio desse sonho e, apesar de tudo, tirei notas melhores do que os outros.

Eu tinha pendor para os estudos. Os professores, embora tentassem me confundir, não conseguiram atrapalhar meu pensamento e minha memória voraz. Eu tinha pendor para os estudos e ganhei duas notas cinco. Mas depois tudo mudou. Khariton Efrussi, comerciante de cereais, que exportava trigo para Marselha, pagou um suborno de quinhentos rublos para ajudar seu filho, me deram nota cinco *minus*, em vez de cinco, e em meu lugar entrou no ginásio o pequeno Efrussi. Papai ficou muito irritado. Desde que eu tinha seis anos ele me instruía em todas as ciências que se pode imaginar. O caso do *minus* levou meu pai ao desespero. Quis dar uma surra em Efrussi ou subornar dois estivadores para dar uma surra em Efrussi, mas mamãe o dissuadiu e eu comecei a me preparar para outro exame, no ano seguinte, para a primeira série. Sem me contar nada, meus pais incentivaram o professor a me preparar, durante um ano, para a prova da primeira série e da série preparatória ao mesmo tempo, e todos nós estávamos tão desesperados que acabei aprendendo três livros de cor. Os livros eram: a *Gramática*, de Smirnóv, o *Livro de problemas*, de Ievtuchévski, e o *Manual elementar de história russa*, de Putsikovitch. As crianças já não estudam mais por esses livros, mas eu aprendi todos de cor, linha por linha, e no ano seguinte, na prova de língua russa, o professor Karaváiev me deu um inatingível cinco, com louvor.

Esse Karaváiev era um homem rubicundo, todo empertigado, que tinha estudado em Moscou. Mal havia completado trinta anos. Nas bochechas viris, floria o rubor das crianças camponesas, uma verruga se cravava na bochecha, dela brotava um chumaço de pelos felinos cinzentos. Além de Karaváiev, acompanhou também o exame o diretor adjunto Piátnitski, tido como alguém importante não só no ginásio como em toda a província. O diretor adjunto me perguntou sobre Pedro I, então experimentei uma sensação de esquecimento, uma sensação de proximidade do fim e do abismo, de um abismo árido, aberto pela euforia e pelo desespero.

Sobre Pedro, o Grande, eu sabia de cor o que estava no livro de Putsikovitch e os versos de Púchkin. Soluçando, recitei aqueles versos, de repente os rostos humanos começaram a girar dentro dos meus olhos e se embaralharam como cartas de um baralho novo. Eles se misturaram no fundo de meus olhos e, naquele instante, trêmulo, me endireitando, me embaralhando, eu esbravejava com toda força as estrofes de Púchkin. Esbravejei as estrofes por muito tempo, ninguém interrompeu minha eloquência desvairada. Em meio a uma cegueira escarlate, em meio à liberdade que me dominava, eu só via o rosto velho de Piátnitski, com a barba folheada a prata, inclinado para mim. Ele não me interrompia e só falava para Karaváiev, que rejubilava por mim e por Púchkin:

— Que nação — sussurrava o velho — a desses seus judeus, eles têm o diabo no corpo.

E quando me calei, ele disse:

— Muito bem, pode ir, meu amiguinho...

Saí da sala para o corredor e lá, encostado na parede, que não tinha sido caiada, comecei a despertar das convulsões de meus sonhos. Meninos russos brincavam em volta, o sino do ginásio pendia ali perto, embaixo do vão burocrático da escada, o vigia cochilava numa cadeira deformada. Olhei para o vigia e acordei. Crianças vieram correndo em minha direção, de todos os lados. Queriam me dar um peteleco ou apenas brincar, mas de repente Piátnitski apareceu no corredor. Ao passar por mim, fez uma pequena pausa, o casacão se moveu nas suas costas numa onda vagarosa e difícil. Vi uma perturbação naquelas costas amplas, robustas, majestosas, e avancei na direção do velho.

— Crianças — disse ele para os alunos. — Não toquem nesse menino. — E colocou a mão gorda, meiga, no meu ombro.

— Meu amiguinho — virou-se para mim. — Comunique a seu pai que você ingressou na primeira série.

Uma estrela magnífica reluzia em seu peito, as condecorações tilintavam na lapela, seu grande corpo negro uniformizado começou a ir embora sobre as pernas retas. O corpo ficava espremido pelas paredes turvas, se deslocava entre elas como uma balsa num canal profundo, e desapareceu pela porta do gabinete do diretor. Um funcionário miúdo foi servir chá para ele, com palavras de cerimônia, e eu fui correndo para casa, para a loja.

Em nossa loja, um freguês, um mujique dominado pela dúvida, coçava a cabeça, sentado. Ao me ver, papai deixou o mujique e, sem hesitar, acreditou na minha história. Logo berrou para seu gerente fechar a loja e se atirou para a rua Sobórnaia a fim de comprar para mim um gorro com o emblema da escola. Minha pobre mãe só a muito custo conseguiu me desvencilhar daquele homem alucinado. Mamãe ficou pálida naquele momento e tentava enxergar o destino. Olhou para mim e, com aversão, recuou. Disse que saía um aviso nos jornais sobre todos os candidatos admitidos no ginásio e que Deus ia nos castigar, as pessoas iam rir de nós, se comprássemos um uniforme antes da hora. Mamãe estava pálida, tentava enxergar o destino nos meus olhos e olhou para mim com uma compaixão amarga, como se olha para um aleijado, porque só ela sabia como nossa família era infeliz.

Todos os homens em nossa família eram crédulos, acreditavam nas pessoas e estavam sempre prontos a praticar atos impulsivos, não tínhamos sorte em nada. Meu avô, certa vez, foi rabino em Biélaia Tsérkov, acabou expulso de lá por blasfêmia, e ele viveu mais quarenta anos, em escândalo e pobreza, aprendeu línguas estrangeiras e começou a perder a razão aos oitenta anos de vida. Meu tio Liev, irmão de meu pai, estudou na escola talmúdica de Volójin, em 1892 fugiu para se livrar do serviço militar e raptou a filha de um intendente que trabalhava no distrito militar de Kíev. O tio Liev levou a mulher para Los Angeles, na Califórnia, abandonou-a lá e morreu num manicômio, entre negros e malaios. Depois de sua morte, a polícia americana mandou para nós, de Los Angeles, a herança: uma grande arca, reforçada por arcos de ferro marrons. Dentro da arca, havia halteres de ginástica, tufos de cabelo de mulher, o *talit* do tio, chicotes com cabos chapeados em ouro e um chá de ervas em caixinhas enfeitadas com pérolas de mentira. Da família toda, só restavam o tio louco Semion, que morava em Odessa, meu pai e eu. Mas meu pai acreditava muito nas pessoas, ele as irritava com seu entusiasmo de primeiro amor, as pessoas não lhe perdoavam por isso e o enganavam. Papai, por essa razão, acreditava que sua vida era governada por um destino maligno, um ser inexplicável que o perseguia e que era diferente dele em tudo. Portanto, para minha mãe, em toda nossa família, só restava eu. Como todos os judeus, eu tinha baixa estatura, era doentio, sofria dores de cabeça por causa do estudo. Minha mãe enxergava tudo isso, ela nunca se deixara cegar pelo orgulho da pobreza, como era o caso de seu marido, nem pela incompreensível crença de meu pai de que nossa família seria um dia mais forte e mais rica do que as das outras pessoas do mundo. Ela não esperava para nós o sucesso, tinha medo de comprar uma camisa do uniforme do colégio antes da hora e permitiu apenas que eu fosse ao fotógrafo tirar uma fotografia para um retrato de tamanho grande.

No dia 20 de setembro de 1905, penduraram na parede no ginásio uma lista com os alunos admitidos na primeira série. No quadro figurava também meu nome. Toda nossa parentada foi lá olhar o papel e até Choil, meu tio-avô, foi ao ginásio. Eu adorava o jeito pretensioso daquele velho, porque vendia peixe na feira. Suas mãos gordas ficavam úmidas, cobertas de escamas de peixe, e tinham o cheiro de mundos frios e belos. Choil diferia das pessoas comuns também pelas histórias mentirosas que contava sobre a insurreição polonesa de 1861. Em tempos remotos, Choil tinha sido taberneiro em Skvira; viu como os soldados de Nicolau I fuzilaram o conde Godlewski e outros revoltosos. Mas talvez não tivesse visto nada disso. Agora sei que

Choil não passava de um velho sem instrução e um mentiroso ingênuo, mas suas lorotas eram boas e não foram esquecidas. Então até o tolo Choil foi ao ginásio ler o quadro na parede com meu nome e à noite dançou e sapateou em nosso baile indigente.

Papai organizou o baile para comemorar e convidou seus camaradas comerciantes de grãos, corretores de imóveis e caixeiros-viajantes, que vendiam máquinas agrícolas em nosso distrito. Esses caixeiros-viajantes vendiam máquinas para todo mundo. Os mujiques e os senhores de terra tinham medo deles, era impossível livrar-se daqueles vendedores sem comprar alguma coisa. Entre todos os judeus, os caixeiros-viajantes eram as pessoas mais alegres e com mais experiência de vida. Em nossa festa, eles cantaram músicas hassídicas, que consistiam apenas de três palavras, mas eles ficavam cantando durante um tempo enorme, com uma porção de entonações engraçadas. O encanto dessas entonações só reconhece quem teve a chance de passar a Páscoa com os adeptos do hassidismo ou quem esteve nas sinagogas barulhentas deles, em Volínia. Além dos caixeiros-viajantes, veio à nossa casa o velho Liberman, que tinha me ensinado a Torá e a língua hebraica antiga. Nós sempre o tratávamos por monsieur Liberman. Ele bebeu mais vinho da Bessarábia do que devia, os laços de seda tradicionais ficaram à mostra por baixo de seu colete vermelho e ele propôs um brinde em minha homenagem em hebraico antigo. No brinde, o velho deu os parabéns a meus pais e disse que, no exame, eu havia derrotado todos meus inimigos, eu havia derrotado os meninos russos de bochechas gordas e os filhos grosseirões dos nossos ricos. Assim como, nos tempos antigos, Davi, rei dos judeus, havia derrotado Golias, eu tinha triunfado sobre Golias e assim também nosso povo, por meio da força de sua inteligência, venceria os inimigos que nos rodeavam e tinham sede de nosso sangue. Monsieur Liberman começou a chorar, depois de dizer isso, bebeu mais vinho ainda e começou a gritar: "Vivat!". Os convidados o pegaram numa roda e começaram a dançar com ele uma antiga quadrilha, como num casamento em vilarejos judeus. Todos estavam alegres em nosso baile, até mamãe tomou um gole de vinho, embora ela não gostasse de vodca e não entendesse como alguém podia gostar; por isso ela achava que todos os russos eram loucos e não entendia como mulheres podiam viver com maridos russos.

Mas nossos dias mais felizes vieram depois. Para mamãe, eles começaram quando, na hora de eu sair para o ginásio, de manhã, ela se punha a preparar sanduíches para eu lanchar; para mim, eles começaram quando nós saímos pelas lojas e compramos um material festivo — estojo de lápis, cofrinho de moedas, mochila, livros novos de capa dura e cadernos de capa brilhosa. Ninguém no mundo sente as coisas novas com mais força do que as crianças. Elas estremecem com o cheiro dessas coisas, como um cachorro ao farejar o rastro de uma lebre, e experimentam uma loucura, que depois, quando ficamos adultos, é chamada de inspiração. E esse puro sentimento infantil que vinha da propriedade de coisas novas contagiava mamãe. Levamos um mês para nos acostumarmos com o estojo de lápis e com a penumbra do amanhecer, quando eu tomava chá na beirada da grande mesa iluminada e colocava os livros dentro da mochila; levamos um mês para nos acostumarmos com nossa vida feliz, e só depois do primeiro trimestre me lembrei dos pombos.

Eu tinha tudo preparado para eles — um rublo e cinquenta copeques e um pombal feito de um caixote pelo vovô Choil. O pombal era pintado de marrom. Tinha ninhos para doze pares de pombos, várias ripas no telhado e uma grade especial, que eu inventei para que pombos forasteiros entrassem com mais facilidade. Tudo estava pronto. No domingo, 20 de outubro, saí para ir à feira de animais de caça, mas no caminho surgiram obstáculos inesperados.

A história que estou contando, isto é, meu ingresso na

primeira série do ginásio, se passou no outono de 1905. O tsar Nicolau deu então ao povo russo uma constituição, oradores de paletó puído escalavam o meio-fio na frente do prédio da assembleia legislativa e faziam discursos para o povo. Nas ruas, à noite, ouvia-se o som de tiros, e mamãe não queria deixar que eu fosse à feira de animais de caça. No dia 20 de outubro, desde cedo, meninos da vizinhança estavam soltando pipa bem em frente à delegacia de polícia e nosso aguadeiro tinha abandonado seu trabalho, andava pela rua de cabelo coberto de pomada e com o rosto vermelho. Depois vimos que os filhos do padeiro Kalístov trouxeram para a rua um cavalinho de brinquedo feito de couro e começaram a fazer ginástica em cima dele no meio da rua. Ninguém os incomodava, o policial Semérnikov até os desafiava a pular mais alto. Na cintura, Semérnikov usava um cinto de seda feito em casa e suas botas naquele dia estavam lustrosas como nunca. O policial sem uniforme assustava minha mãe mais do que qualquer outra coisa, era por causa dele que ela não me deixava sair, mas eu escapuli para a rua pelos fundos e corri para a feira de animais de caça, que ficava atrás da nossa estação de trem.

Na feira, Ivan Nikodímitch, o vendedor de pombos, estava sentado em seu lugar de costume. Além de pombos, estava vendendo também coelhos e um pavão. De cauda aberta, o pavão estava no poleiro e movia a cabecinha impassível de um lado para outro. Sua pata estava amarrada num cordão torcido, a outra ponta do cordão se prendia à cadeira de palhinha de Ivan Nikodímitch. Assim que cheguei, comprei do velho um par de pombos cor de cereja, de caudas fartas e frisadas, e também um par de pombos de crista, enfiei-os num saco e guardei atrás do peito da camisa. Depois da compra, sobraram quarenta copeques, mas o velho não queria vender por esse valor um pombo e uma pomba do tipo kriúkov. Nos pombos kriúkov eu gostava do bico curto, granuloso, simpático. Quarenta copeques eram seu preço real, mas o caçador majorou o valor e desviava de mim a cara irascível, causticada pelas paixões desumanas de um caçador de aves. No fim da feira, ao ver que não iam aparecer outros compradores, Ivan Nikodímitch me chamou. Tudo correu como eu queria, e tudo correu mal.

Ao meio-dia ou pouco depois, apareceu na praça um homem de botas de feltro. Pisava de leve com os pés inchados, os olhos ardiam com ânimo no rosto exaurido.

— Ivan Nikodímitch — disse ele, ao passar pelo caçador. — Junte suas tralhas: na cidade, os aristocratas de Jerusalém estão ganhando uma constituição. Na ruaRíbnaia, serviram uma pitadinha de morte para o vovô Bábelev.

Falou isso e passou pisando leve entre as gaiolas, como um lavrador descalço na divisa entre dois campos.

— Não está certo — balbuciou Ivan Nikodímitch depois que ele passou. — Não está certo — gritou em tom mais severo e começou a juntar os coelhos e o pavão e me empurrou logo os pombos de Kirúkov por quarenta copeques mesmo. Eu os escondi no peito da camisa e fiquei olhando como as pessoas fugiam correndo da feira de animais de caça. O pavão no ombro de Ivan Nikodímitch fugiu por último. Estava pousado ali como o sol num céu cinzento de outono, estava pousado como julho pousa na margem rosada de um rio, o julho incandescente no capim alto e frio. Na feira já não havia mais ninguém e ressoavam tiros não muito longe. Então fugi para a estação de trem, através do jardim público, que de repente submergiu nos meus olhos, e entrei voando numa ruazinha deserta de terra amarela e muito pisada. No fim da ruazinha, numa cadeira de rodas, estava Makarenko, que não tinha pernas e andava pela cidade naquela cadeira de rodas vendendo cigarros num tabuleiro. Os meninos da nossa rua compravam cigarros com ele, as crianças o adoravam, e eu logo corri para ele, na ruazinha.

— Makarenko — falei, ofegante por causa da corrida, e afaguei o ombro do homem sem perna. — Não viu o Choil?

O aleijado não respondeu, seu rosto rude, feito de gordura vermelha, de punhos cerrados, de ferro, estava iluminado por dentro. Em sua agitação, ele se remexia na cadeira de rodas; sua esposa, Katiucha, com o traseiro acolchoado virado para nós, juntava coisas espalhadas no chão.

— Quanto contou? — perguntou o homem sem pernas e se distanciou da mulher, deixando o espaço de um corpo, como se soubesse de antemão que a resposta ia ser intolerável.

— Polainas, catorze peças — disse Katiucha, sem levantar. — Capas de cobertor, seis. Agora vou contar as toucas de mulher...

— Toucas — gritou Makarenko, engasgou e produziu sons parecidos com soluços. — Katierina, é claro que Deus me escolheu para que eu pague por todos... As pessoas levam peças inteiras de linho por aí, as pessoas carregam tudo o que é bom, mas para nós, só toucas...

E, de fato, uma mulher de rosto bonito e afogueado passou correndo pela ruazinha. Num braço, carregava um punhado de barretes turcos e, no outro, uma peça de tecido. Com voz feliz e desesperada, ela chamava os filhos, que tinham se perdido; o vestido de seda e a blusa azul se arrastavam atrás de seu corpo, que voava, e a mulher não escutou Makarenko, que fez sua cadeira de rodas rolar atrás dela. O homem sem pernas não conseguiu alcançá-la, as rodas rangiam, ele girava as manivelas com toda força.

— Madamezinha — gritava, com voz abafada. — Onde a senhora pegou essa peça de morim, madamezinha?

Mas a mulher com o vestido voador já não estava mais ali. Ao encontro dela, de trás da esquina, saltou uma charrete desengonçada. Um rapaz camponês estava de pé na charrete.

— Para onde correram? — perguntou o rapaz e levantou as rédeas vermelhas acima dos pangarés, que se remexiam inquietos nas coelheiras.

— Todo mundo foi para a rua Sobórnaia — falou Makarenko em tom suplicante. — Todo mundo está lá, meu bom homem; tudo o que você pegar, traga tudo para mim, eu compro tudo...

O rapaz se curvou para frente, sobre a charrete, e chicoteou os pangarés nas pernas. Os cavalos pularam para adiante, sacudindo suas garupas imundas, e saíram em disparada. A ruazinha amarela ficou de novo amarela e deserta; então o homem sem pernas virou para mim os olhos apagados.

— Só pode ser, Deus me escolheu — falou, sem vida. — Afinal, sou filho de Adão...

E Makarenko estendeu para mim a mão manchada pela lepra.

— O que você tem nesse saco? — perguntou e tirou o saco, que aquecia meu coração.

Com a mão gorda, o aleijado revirou o saco e pôs a nu um pombo. Com as patas encolhidas, o pássaro ficou deitado na palma de sua mão.

— Pombos — disse Makarenko e, rangendo as rodas, veio na minha direção. — Pombos — repetiu, e bateu no meu rosto.

Ele me bateu com toda força, com a mão que apertava o pássaro. O traseiro acolchoado de Katiucha deu uma volta nas minhas pupilas e eu caí no chão, em cima de meu casaco novo.

— A semente deles tem de ser exterminada — disse Katiucha e endireitou o corpo acima das toucas. — Não aguento nem ver os descendentes deles e os homens deles fedem...

Falou mais alguma coisa sobre nossa semente, mas não escutei mais nada. Estava deitado no chão e as vísceras do pássaro esmagado pingavam de minha fronte. Elas escorriam pela bochecha, serpenteando, respingando e me deixando cego. As entranhas tenras do pombo deslizavam pela minha testa e eu fechei o único olho que não estava melado, para não ver o mundo que se estendia na minha frente. Aquele mundo era pequeno e horroroso. Havia uma pedrinha diante de meus olhos, uma pedrinha entalhada, como a cara de uma velha de papada grande, um pedaço de cordão estava caído não muito longe, e também um bolo de penas, que ainda respirava. Meu mundo era pequeno e horroroso. Fechei os olhos para não vê-lo e me apertei de encontro à terra, que se estendia embaixo de mim numa mudez tranquilizadora. Aquela terra pisoteada não tinha nada de parecido com nossa vida e com a espera dos exames em nossa vida. Pela terra, em algum lugar distante, a desgraça vinha montada num cavalo grande, mas o barulho dos cascos ficou fraco, sumiu, e o silêncio, o silêncio amargo que às vezes cai sobre as crianças na infelicidade, de repente destruiu a fronteira entre meu corpo e a terra, que não se movia para nenhum lugar. A terra cheirava a tripas molhadas, sepultura, flores. Senti seu cheiro e comecei a chorar sem medo nenhum. Andei por uma rua desconhecida, atulhada de caixinhas brancas, caminhava com meu ornamento de penas ensanguentadas, sozinho no meio de calçadas limpas e varridas, como num domingo, e chorava tão amargo, tão pleno, tão feliz como nunca mais chorei em toda minha vida. Fios embranquecidos chiavam nos postes acima de minha cabeça, um vira-lata correu na frente; numa ruazinha, meio de lado, um jovem mujique de colete estava arrebentando a esquadria da janela da casa de Khariton Efrussi. Usava um martelo de madeira para arrebentar a janela, tomava impulso com o corpo todo e, suspirando, sorria para todos os lados o bom sorriso da embriaguez, do suor e da força espiritual. A rua toda estava repleta do estalo, da crepitação, do canto da madeira se espatifando. O mujique batia só para ter um motivo para se inclinar, suar e gritar palavras estranhas numa língua desconhecida, que não era russo. Gritava e cantava, rasgando por dentro seus olhos azuis, até que na rua apareceu uma procissão que vinha da assembleia legislativa. Velhos de barba pintada levavam nas mãos o retrato do tsar de cabelo penteado, estandartes de três pontas com figuras dos santos do cemitério ondulavam acima da procissão, velhas inflamadas andavam ligeiro para a frente. O mujique de colete, ao ver a procissão, apertou o martelo junto ao peito e saiu correndo atrás dos estandartes e eu, depois de esperar o fim da procissão, me esgueirei de volta para nossa casa. Ela estava vazia. As portas brancas estavam escancaradas, a grama junto ao pombal estava pisada. Só Kuzmá não tinha fugido. Kuzmá, o zelador, estava no galpão e arrumava o cadáver de Choil.

— O vento traz você como uma lasca de madeira ruim — disse o velho, ao me ver. — Ficou longe muito tempo... Olhe só como o povo deu pancada no nosso vovô...

Kuzmá começou a fungar, virou-se e tirou um peixe da calça rasgada do vovô. Havia dois peixes enfiados no vovô: um na calça rasgada e outro na boca, e apesar do vovô estar morto, um dos peixes ainda estava vivo e se sacudia.

— Deram pancada no nosso vovô, logo ele — disse Kuzmá, jogando o peixe para o gato. — Ele enxotou o povo todo, xingou a mãe de todo mundo, foi palavrão para todo lado, que beleza... Ponha duas moedas de cinco copeques nos olhos dele...

Mas então, aos dez anos de idade, eu não sabia para que as pessoas mortas precisavam de moedas.

— Kuzmá — falei em voz baixa. — Salve a gente...

E me aproximei do zelador, abracei suas velhas costas curvadas, com um ombro mais alto do que o outro, e vi o vovô por trás daquelas costas. Choil estava deitado sobre a serragem, com o peito esmagado, a barba repuxada, sapatos surrados nos pés sem meias. As pernas separadas estavam imundas, lilases, mortas. Kuzmá se movia atarefado em volta delas, amarrou a mandíbula e continuava procurando o que mais podia fazer com o falecido. Estava atarefado, como se em sua casa tivesse chegado uma coisa nova, e só se acalmou depois de pentear a barba do morto.

— Xingou todo mundo — disse, sorrindo, e olhou com amor para o cadáver. — Se os tártaros tivessem atacado, ele enxotaria os tártaros, mas os russos vieram, as mulheres vieram junto, *katsápki*,* a gente *katsap* tem vergonha de perdoar, eu conheço os *katsap*...

O zelador pôs mais serragem embaixo do morto, tirou o avental de marceneiro e me segurou pela mão.

— Vamos procurar o papai — murmurou, apertando minha mão com toda força. — Seu pai está procurando você desde a manhã, achou que tinha morrido...

E eu e Kuzmá fomos à casa do inspetor de impostos, onde meus pais tinham se escondido para fugir do pogrom.

---

* Feminino de *katsap*, termo pejorativo usado na Ucrânia para designar os russos.

Primeiro amor

Aos dez anos de idade, me apaixonei por uma mulher chamada Galina Apollónovna. Seu sobrenome era Rubtsova. O marido, um oficial, foi para a guerra do Japão e voltou em outubro de 1905. Trouxe muitas arcas. Nas arcas, havia coisas chinesas: biombos, armas valiosas, ao todo trinta *pud*.* Kuzmá nos dizia que Rubtsov tinha comprado aquelas coisas com o dinheiro que ganhou no serviço militar, na direção do setor de engenharia do Exército da Manchúria. Além de Kuzmá, outras pessoas diziam a mesma coisa. Era difícil não ficar fofocando sobre os Rubtsov, porque eles eram felizes. Sua casa era encostada no nosso terreno, sua varanda envidraçada avançava numa parte de nossa propriedade, mas o papai não brigava com eles por causa disso. Rubtsov, fiscal tributário em nossa cidade, tinha reputação de homem honesto e se dava bem com os judeus. Quando o oficial, seu filho, voltou da guerra do Japão, todos vimos como eles viviam felizes e como eram amigos. Galina Apollónovna ficava o dia todo de mãos dadas com o marido. Não tirava os olhos dele, porque tinha ficado um ano e meio sem ver o marido, mas eu ficava horrorizado com seu olhar, me virava para o lado e tremia. Neles eu via a vida surpreendente e vergonhosa de todas as pessoas no mundo, eu queria adormecer e ter um sonho

* Um *pud* equivale a 16,3 kg. Trinta *pud* são 489 quilos.

extraordinário para esquecer aquela vida, que superava os sonhos. Galina Apollónovna, às vezes, andava pelo quarto de trança solta, de sapatos vermelhos e com um roupão chinês. Embaixo das rendas de suas blusas, muito decotadas, via-se uma cavidade e o início dos peitos brancos, inchados, achatados para baixo, e no roupão havia dragões, pássaros, árvores ocas, bordados em seda cor-de-rosa.

Ela vagava o dia todo com um sorriso obscuro nos lábios molhados, esbarrava nas arcas ainda cheias, nas escadas de ginástica espalhadas pelo chão. Por isso Galina ficava com arranhões e aí ela levantava o roupão acima do joelho e falava para o marido:

— Beija meu dodói...

E o oficial, dobrando as pernas compridas, vestidas em calças de dragões, com esporas, de botas forradas com pele de cordeiro, se punha de joelhos no chão imundo e, sorrindo, movendo as pernas e arrastando os joelhos, beijava o local machucado, o local onde havia uma dobra inchada por causa da pressão da liga. Eu via aqueles beijos da minha janela. Eles me causavam sofrimento, mas não vale a pena contar isso, porque o amor e os ciúmes de um menino de dez anos se parecem em tudo com o amor e os ciúmes de um homem adulto. Por duas semanas não me aproximei da janela e evitava Galina, até que o acaso me fez encontrar com ela. O acaso foi um pogrom de judeus que ocorreu no quinto ano em Nikoláiev e em outras cidades da zona de assentamento judeu.* Uma multidão de assassinos mercenários saqueou a loja de meu pai e matou meu avô Choil. Tudo isso aconteceu na minha ausência; pela manhã, eu tinha ido comprar pombos com o caçador Ivan Nikodímitch. De meus dez anos de vida, passei cinco sonhando,

---

* Região ocidental do Império Russo, onde os judeus tinham permissão de se estabelecer. Abrangia a Polônia, Ucrânia, Bielorrússia, Lituânia e outras regiões. Foi extinta na revolução de 1917.

com toda força da alma, em possuir os pombos e, quando aconteceu de eu comprar os pombos, o aleijado Makarenko esmagou os pássaros na minha cara. Então Kuzmá me levou para a casa dos Rubtsov. Na residência dos Rubtsov havia uma cruz riscada a giz no portão, não tocavam neles, e os Rubtsov esconderam meus pais em sua casa. Kuzmá me levou para a varanda envidraçada. Lá estava mamãe, sentada sobre um casaco verde, e também Galina.

— Temos de nos lavar — me disse Galina. — Temos de nos lavar, pequeno rabino... Estamos com a cara cheia de penas, e essas penas... têm sangue...

Ela me abraçou e me levou pelo corredor, de um cheiro penetrante. Eu encostava minha cabeça no quadril de Galina, o quadril se movia e respirava. Chegamos à cozinha e Rubtsova me colocou embaixo da torneira. Um ganso assava no fogão de ladrilhos, utensílios de cozinha chamejantes estavam pendurados na parede e, ao lado, no cubículo da cozinheira, estava pendurado o tsar Nicolau, enfeitado com flores de papel. Galina lavou os restos de pombo que tinham secado na minha cara.

— Você vai ficar que nem um noivo, meu principezinho — disse ela, beijou meus lábios com a boca carnuda e virou-se.

— Escute — sussurrou ela, de repente. — Seu pai está transtornado, passou o dia todo andando pelas ruas, sem rumo, chame o papai para vir para casa...

E vi pela janela a rua vazia com o céu imenso, no alto, e meu pai ruivo, andando pelo calçamento. Estava sem gorro, os cabelos ruivos e ralos levantados, o peitilho de papel torto para o lado e preso por um botão que não estava na casa certa. Vlássov, trabalhador calejado, em andrajos acolchoados do Exército, andava com insistência atrás do papai.

— Pois é — dizia ele com voz rouca e sincera, e tocava carinhosamente no papai com as duas mãos. — Não precisamos de liberdade para que os judeus façam comércio livremente... Dê a claridade da vida para um trabalhador pelos seus trabalhos, por essa horrível imensidade... Dê para ele, amigo, está ouvindo? Dê...

O trabalhador implorava alguma coisa ao papai e tocava nele; lampejos de pura inspiração embriagada se alternavam em seu rosto com desânimo e sonolência.

— Nossa vida devia ser parecida com a dos molokanes —* balbuciou, cambaleando nas pernas bambas. — Nossa vida devia ser do mesmo tipo da dos molokanes, mas só que sem o Deus dos Velhos Crentes,** dele só os judeus tiram vantagem, ninguém mais...

E Vlássov berrou em desespero sobre o Deus dos Velhos Crentes, que só tinha pena dos judeus. Vlássov clamava, tropeçava e tentava alcançar aquele seu Deus desconhecido, mas naquele instante uma patrulha de cossacos a cavalo cortou seu caminho. Um oficial de calças listradas e cinturão prateado de gala vinha à frente do destacamento, o quepe alto sobre a cabeça. O oficial andava devagar em seu cavalo e não olhava para os lados. Andava como se fosse por um barranco, onde só se podia olhar para a frente.

— Capitão — sussurrou meu pai, quando o cossaco o alcançou. — Capitão — falou papai, apertando a cabeça, e se pôs de joelhos na lama.

— O que posso fazer? — disse o oficial, olhando para a frente, como antes, e ergueu até a pala do quepe a mão vestida em uma luva de camurça de cor limão.

À frente, na esquina da rua Ríbnaia, arrombadores sa-

---

* Os molokanes são um grupo religioso surgido no século XVI. Bebem leite (*molokó*, em russo) nos dias de jejum dos cristãos ortodoxos. Rejeitavam o poder divino do tsar, o serviço militar, vários alimentos e a crença na Santíssima Trindade.
** Grupo religioso que se separou a Igreja Ortodoxa no século XVII, em protesto contra as reformas promovidas pelo patriarca Nikon.

queavam nossa loja, retiravam caixas com pregos, máquinas e meu retrato novo com o uniforme do ginásio.

— Olhe — disse papai e continuou de joelhos. — Eles estão roubando propriedade particular, capitão, por quê...

O oficial resmungou alguma coisa, levou a luva limão até a pala do quepe e sacudiu a rédea, mas o cavalo não andou. Papai rastejou de joelhos na frente do cavalo, ficou junto de suas patas curtas, gentis, um pouco peludas.

— Sim, senhor — disse o capitão, puxou a rédea, foi em frente e atrás deles seguiram os cossacos. Estavam impassíveis nas selas altas, andavam pelo barranco imaginário e sumiram na esquina da rua Sobórnaia.

Então Galina me empurrou de novo na direção da janela.

— Chame o papai para casa — disse. — Ele não comeu nada desde manhã cedo.

E eu me debrucei na janela.

Papai se virou ao ouvir minha voz.

— Meu filhinho — balbuciou com ternura indescritível.

E ele veio para junto de nós na varanda envidraçada da casa dos Rubtsov, onde mamãe estava deitada sobre um casaco verde. Ao lado de seu leito, estavam espalhados halteres e equipamento de ginástica.

— Malditos copeques — disse mamãe, ao nos ver. — A vida humana e os filhos, nosso destino infeliz, você abriu mão de tudo isso... Malditos copeques — gritava com uma voz rouca, diferente de sua voz, depois se agitou em seu leito e se calou.

Então, no silêncio, ouviu-se meu soluço. Eu estava junto à parede, com o quepe muito baixo sobre os olhos, e não conseguia conter os soluços.

— Que vergonha, meu principezinho — sorriu Galina, com seu sorriso desdenhoso, e bateu em mim de leve com seu roupão de pano duro. Ela passou rumo à janela em seus sapatos vermelhos e começou a pendurar as cortinas chinesas num varão requintado. Seus braços nus se afogaram na seda, uma trança viva se moveu em seu quadril e eu olhei para ela, arrebatado.

Menino instruído, eu olhava para Galina como um cenário distante, iluminado por muitos refletores. E logo imaginei que eu era Miron, filho do carvoeiro que vendia carvão em nossa rua. Eu me imaginei membro da milícia de autodefesa dos judeus e então, como Miron, lá vou eu andando com sapatos rotos, amarrados por cordas. No ombro, levo um fuzil imprestável, pendurado num cordão verde, fico de joelhos junto a uma cerca de tábuas, velha e estropiada, e disparo contra os assassinos. Atrás da cerca estende-se um terreno baldio, nele há montes de carvão cobertos de poeira, o fuzil velho atira mal, os assassinos, de barba, de dentes brancos, avançam e chegam cada vez mais perto de mim; provo o sentimento orgulhoso da proximidade da morte e, nas alturas, no azul do mundo, vejo Galina. Vejo uma janelinha na parede de um prédio gigantesco, erguido com miríades de tijolos. Esse prédio púrpura se debruça sobre uma estreita rua de terra cinzenta, mal batida, e na janelinha de cima está Galina. Com o sorriso desdenhoso, ela sorri da janela inalcançável e o marido, o oficial seminu, está de pé atrás dela e beija seu pescoço...

Tentando conter os soluços, imaginei tudo isso a fim de amar Rubtsova com mais amargura, ardor e desespero e talvez também porque a medida do sofrimento fosse grande demais para um homem de dez anos de idade. Os sonhos tolos me ajudaram a esquecer a morte dos pombos e a morte de Choil, e talvez eu tivesse esquecido de fato aqueles assassinatos se, naquele instante, Kuzmá não tivesse entrado na varanda junto com o medonho judeu Aba.

Quando entraram já estava escurecendo. Na varanda estava acesa uma lâmpada fraca, encoberta por uma quina da parede — uma lâmpada que piscava, um satélite da infelicidade.

— Arrumei o velho — disse Kuzmá, ao entrar. —

Agora está deitadinho bem bonito... Trouxe também o ajudante da sinagoga, para falar alguma coisa sobre o velho...

E Kuzmá apontou para o salmista Aba.

— Ele vai gemer um bocado — falou o zelador com ar simpático. — Encha a barriga de um salmista que ele vai passar a noite toda com sua gemedeira...

Ficou de pé na soleira — o Kuzmá — com seu bondoso nariz partido, virado para todos os lados, e quis contar da maneira mais sincera do mundo como tinha amarrado a mandíbula do morto, mas o papai interrompeu o velho:

— Por favor, *rebe* Aba — disse papai —, peço ao senhor que reze pelo falecido, vou pagar ao senhor...

— E eu estava com medo de que o senhor não fosse pagar — respondeu Aba, com voz aborrecida, e colocou a cara de barba nojenta em cima da toalha de mesa. — Tenho medo de que o senhor pegue meu dinheiro e fuja com ele para a Argentina, Buenos Aires, e lá use meu dinheiro para abrir um negócio atacadista... Um negócio atacadista — disse Aba, mastigou os lábios desdenhosos e apanhou o jornal *Filho de Pátria* que estava sobre a mesa. No jornal, havia uma reportagem sobre a proclamação do tsar de 17 de outubro e sobre a liberdade.

— "... Cidadãos da Rússia livre" — leu Aba no jornal, soletrando, e mascava a barba, que enchia a boca. — "Cidadãos da Rússia livre, parabenizo-vos pela ressurreição de Cristo..."

O jornal estava enviesado na frente do velho salmista e tremia: ele lia sonolento, com voz cantada, e punha acentos surpreendentes nas palavras russas que desconhecia. Os acentos de Aba pareciam a fala surda de um negro recém-chegado da terra natal a um porto russo. Até minha mãe achou graça.

— Estou cometendo um pecado — gritou ela, saindo de debaixo do casaco. — Estou rindo, Aba... É melhor dizer como tem passado e como vai sua família.

— Pergunte sobre outras coisas — resmungou Aba sem soltar a barba dos dentes e continuou a ler o jornal.

— Pergunte outra coisa para ele — disse o papai logo em seguida e foi para o meio do cômodo. Seus olhos, que sorriam para nós entre as lágrimas, de repente giraram nas órbitas e se detiveram num ponto que ninguém via.

— Ai, Choil — exclamou papai com uma voz uniforme, falsa, que se preparava. — Ai, Choil, homem querido...

Vimos então que ele ia começar a gritar, mas mamãe nos advertiu.

— Manus — gritou ela, se desgrenhando num instante, e começou a apertar o peito do marido. — Veja como nosso menino está magro. Por que você não ouve os soluços dele, por quê, Manus?...

Papai se calou.

— Rakhil — disse ele, assustado. — Nem consigo exprimir para você a pena que sinto do Choil...

Foi para a cozinha e voltou com um copo d'água.

— Beba, artista — disse Aba, se aproximando de mim. — Beba esta água, que vai ajudá-lo como um incensório ajuda um morto...

Na verdade, a água não me ajudou nada. Eu soluçava cada vez mais forte. Um rosnado irrompeu do meu peito. Um volume agradável ao toque cresceu dentro da garganta. O bolo respirava, inflava, obstruía a garganta e rolou por cima da beirada do colarinho. Nele borbulhava minha respiração dilacerada. Borbulhava como água fervente. E quando, à noite, eu já não era mais o menino de orelhas tombadas que tinha sido a vida toda e virei uma bola que se retorcia, então mamãe, envolta num xale, agora mais alta e mais esbelta, se aproximou de Rubtsova, paralisada.

— Querida Galina — disse mamãe com voz cantada, forte. — Que transtorno nós somos para vocês, para a querida Nadiéjda Ivánovna e para todos em sua casa... Que vergonha eu sinto, querida Galina...

Com as bochechas afogueadas, mamãe fez Galina recuar até a porta, depois se atirou em minha direção e enfiou o xale na minha boca, para abafar meu gemido.

— Aguente, filhinho — sussurrou mamãe. — Aguente, pela mamãe...

No entanto, embora eu pudesse me segurar, não queria fazer isso, porque já não sentia mais vergonha...

Assim começou minha doença. Eu tinha dez anos. De manhã, me levaram ao médico. O pogrom continuava, mas não tocaram em nós. O médico, um homem gordo, descobriu em mim uma doença nervosa.

Mandou me levar o quanto antes para Odessa, para consultar os professores, e lá esperar o calor e os banhos de mar.

Assim fizemos. Depois de alguns dias, parti com mamãe para Odessa, para a casa do vovô Leivi-Itskhok e do tio Simon. Partimos de manhã, num barco a vapor, e já no meio-dia as águas marrons do rio Bug deram lugar à pesada onda verde do mar. À minha frente, se abria a vida na casa do louco vovô Leivi-Itskhoka e eu me despedi para sempre de Nikoláiev, onde passei dez anos de minha infância.

O fim de santo Hipácio

Ontem estive no mosteiro de santo Hipácio e o monge Illarion, o último dos monges residentes ali, mostrou-me a casa dos boiardos Románov.

O povo de Moscou chegou lá em 1613 para pedir a Mikhail Románov que fosse o tsar.*

Vi o trecho de chão muito pisado onde rezava a monja Marfa, mãe do tsar, seu dormitório sombrio e a torre de onde ela via a caça aos lobos nas florestas de Kostromá.

Eu e o padre Illarion cruzamos as pontezinhas decrépitas, soterradas por montes de neve, enxotamos os corvos que fizeram ninho na casa em forma de torre dos boiardos e entramos numa igreja de beleza indescritível.

Coroada por grinaldas de neve, pintada de carmim e violeta, a igreja se erguia contra o céu enfumaçado do norte, como um lenço de cabeça de camponesa colorido, estampado com flores russas.

As linhas de suas cúpulas despretensiosas eram castas, as alas azuis anexas tinham formato bojudo e as esquadrias das janelas, enfeitadas com figuras, reluziam ao sol com um brilho fútil.

Naquela igreja vazia, deparei com o portão de ferro presenteado por Ivan, o Terrível, passei diante dos ícones

---

* Trata-se do primeiro tsar da dinastia Románov.

ancestrais e vi toda aquela catacumba e a putrefação de uma santidade cruel.

Os santos — diabólicos mujiques nus, de coxas putrefatas — contorciam-se nas paredes descascadas, e junto com eles estava pintada uma Nossa Senhora russa: uma camponesa magra, de joelhos abertos e peitos pendurados que pareciam dois braços verdes supérfluos.

Os ícones ancestrais envolveram meu coração descuidado no frio de suas paixões mortais e quase não consegui me salvar delas e daqueles santos sepulcrais.

O Deus deles jazia dentro da igreja, ossificado e descascado, como um cadáver já lavado, mas abandonado em sua casa sem sepultura.

Sozinho, o padre Illarion caminhava devagar em torno de seus cadáveres. Puxava da perna esquerda, cochilava, coçava a barba suja e logo me deixou entediado.

Então escancarei o portão de Ivan IV,* fugi por baixo das arcadas negras para o pátio e lá o rio Volga, acorrentado pelo gelo, me deixou cego.

A fumaça de Kostromá se erguia, abrindo buracos na neve; os mujiques, vestidos num halo amarelo de friagem, carregavam farinha em trenós, e seus cavalos de carga fincavam os cascos de ferro no gelo.

Os cavalos ruivos, cobertos pela geada e pelo vapor, arquejavam junto ao rio, relâmpagos rosados do norte revoavam dentro dos pinheiros, e multidões, multidões desconhecidas subiam se arrastando por ladeiras cobertas de gelo.

O vento incendiário do Volga soprava neles, muitas mulheres tombavam nos montes de neve, mas continuavam a subir e avançavam rumo ao mosteiro, como colunas de invasores.

O riso das mulheres trovejava acima da montanha, samovares e bacias eram transportados ladeira acima, os patins dos meninos gemiam nas curvas.

---

* O tsar Ivan, o Terrível.

Velhas bem velhas arrastavam fardos na ladeira íngreme — o monte de santo Hipácio —, crianças dormiam dentro dos trenós pequenos das velhas, que também puxavam cabras brancas pelas rédeas.

— Diabos — gritei ao vê-las e recuei diante da inusitada invasão. — Será que vocês estão vindo falar com a monja Marfa e pedir que seu filho Mikhail Románov assuma o trono?

— Sai da frente, palhaço! — gritou para mim uma mulher e avançou. — Para que fica atrapalhando nosso caminho? Quer que a gente carregue um filho seu?

Ela se acomodou no trenó, tocou para a frente na direção do mosteiro e por pouco não derrubou o padre Illarion, que estava atordoado. Ela transportou para dentro do berço dos tsares moscovitas suas bacias, seus gansos, seu gramofone sem corneta e, depois de anunciar que seu nome era Savitcheva, exigiu para si o quarto 19, nos alojamentos do bispo.

E, para minha surpresa, deram a Savitcheva esse quarto e todas as outras foram atrás dela.

Explicaram-me que a união dos operários têxteis havia reconstruído, no prédio incendiado, quarenta apartamentos para os trabalhadores das manufaturas de linho unidas de Kostromá e que, naquele dia, eles iam afinal se instalar no mosteiro.

O padre Illarion, de pé junto ao portão, contava todas as cabras e os migrantes; depois me chamou para tomar chá e, em silêncio, colocou sobre a mesa as xícaras que ele havia roubado no pátio na hora em que levaram os utensílios dos boiardos Románov para o museu.

Bebemos chá naquelas xícaras até suarmos, camponesas de pés descalços trepavam nas janelas e pisavam no peitoril: lavavam os vidros de seus novos alojamentos.

Depois, como se estivesse combinado, a fumaça começou a sair de todas as chaminés, um galo desconhecido trepou no túmulo do superior do convento, padre Sióni, e ali se esgoelou, um acordeom, depois de se demorar bastante numa introdução, desatou a cantar uma melodia doce, e uma velhinha desconhecida, de casacão, enfiou a cabeça na cela do padre Illarion e pediu emprestado para ele um bocado de sal para a sopa de repolho.

Já estava anoitecendo quando a velhinha veio falar conosco: nuvens vermelhas se avolumavam acima do Volga, o termômetro do lado externo marcava quarenta graus abaixo de zero, fogueiras gigantescas, sucumbindo, se agitavam à beira do rio, e um rapaz teimava em tentar subir uma escada congelada que levava a uma trave acima do portão — subia para pendurar ali uma lanterna tosca e um letreiro, no qual estavam pintadas uma porção de letras: URSS e RSFSR (República Socialista Federativa Soviética da Rússia), além do sinal da união dos operários têxteis, a foice e o martelo, e uma mulher junto a uma máquina de tear, da qual saem raios para todos os lados.

Com o nosso velho Makhno*

Seis rapazes do Makhno estupraram uma criada na noite passada. Ao saber disso de manhã, resolvi ver como fica uma mulher depois de um estupro repetido seis vezes. Encontrei-a na cozinha. Estava se lavando, debruçada numa bacia. Era gorducha, de bochechas coradas. Só a existência sedentária na fértil terra ucraniana é capaz de impregnar uma judia com tais sucos bovinos. As pernas da moça, gordurosas, cor de tijolo, infladas como bolas, tinham um fedor adocicado, como carne recém-cortada. E me pareceu que da virgindade da véspera só restavam as bochechas, mais abrasadas do que o habitual, e os olhos, voltados para baixo.

Além da criada, na cozinha estava também o cossaquinho Kikin, mensageiro do quartel-general do nosso velho Makhno. No quartel-general, era tido como um cabeça oca e, para ele, era a coisa mais fácil do mundo andar de cabeça para baixo, apoiado nas mãos, e fazia isso nas horas mais inconvenientes. Várias vezes me aconteceu de ver Kikin diante de um espelho. A perna esticada na calça rasgada, ele piscava os olhos para si mesmo, dava tapas na barriga nua de menino, cantava canções militares e torcia

* Néstor Ivánovitch Makhno (1888-1934), anarquista ucraniano que organizou uma resistência armada contra o governo bolchevique na Ucrânia.

caretas de triunfo, das quais ele mesmo morria de rir. Nesse menino, a imaginação trabalhava com uma vivacidade fora do comum. Hoje eu o surpreendi de novo numa atividade diferente — ele prendia fitas de papel dourado num capacete alemão.

— Quantos você deixou entrar ontem, Rukhlia? — perguntou ele e, estreitando as pálpebras, olhava para seu capacete enfeitado.

A moça ficou calada.

— Você deixou entrar seis — prosseguiu o menino. — Mas tem mulheres que conseguem deixar entrar vinte homens. Nossos rapazes pegaram uma dona em Krapivno, martelaram e martelaram até não poder mais, se bem que ela era mais gorda do que você...

— Vá pegar água — disse a moça.

Kikin trouxe lá de fora um balde de água. Arrastando os pés descalços, ele foi depois ao espelho, enterrou na cabeça o capacete com fitas douradas e observou com atenção o próprio reflexo. A imagem do espelho o fascinava. Com os dedos enfiados nas narinas, o menino acompanhava com sofreguidão as mudanças da forma do nariz sob a pressão interna.

— Vou sair numa expedição — virou-se para a judia.

— Não conte para ninguém, Rukhlia. Stetsenko vai me levar para seu esquadrão. Lá pelo menos a gente anda com equipamento, tem honra, e meus camaradas vão ser combatentes de verdade, e não essa porcaria de pessoal que tem aqui... Ontem, quando pegaram você, e eu segurava sua cabeça, falei para o Matviei Vassílitch: pois é, Matviei Vassílitch, falei, quatro já foram e eu continuo aqui segurando o tempo todo. Você já está na segunda vez, Matviei Vassílitch, mas como sou um garoto de pouca idade e não sou da sua turma, todo mundo pode me passar a perna... Você, Rukhlia, na certa ouviu essas palavras dele, nós, Kikin, ele disse, não estamos passando a perna em você não, olhe, depois que os ordenanças todos terminarem vai ser a sua vez... Aí eles deixaram que eu fosse, só que... Foi aí que arrastaram você para o mato e o Matviei Vassílitch me disse: vai, pode ir, Kikin, se quiser. Não, Matviei Vassílitch, falei, não quero depois do Vássia, senão vou chorar a vida toda...

Kikin resmungou irritado e calou-se. Deitou no chão e cravou o olhar ao longe — descalço, comprido, triste, com a barriga de fora e o capacete brilhante por cima dos cabelos cor de palha.

— Tem gente que fala que os rapazes do Makhno são uns heróis — falou em tom sombrio. — Mas aos poucos quem anda com eles vê que carregam uma pedra dentro do peito...

A judia ergueu da bacia seu rosto corado de sangue, olhou de relance para o menino e saiu da cozinha com o passo desajeitado do cavalariano que desce da sela e põe no chão os pés entorpecidos depois de uma longa cavalgada. Deixado sozinho, o menino observou a cozinha com o olhar entediado, suspirou, apoiou no chão as palmas das mãos, atirou as pernas para o alto e, mantendo os calcanhares bem firmes para cima, saiu andando ligeiro, apoiado nas mãos.

Você perdeu, capitão!

O navio *Halifax* chegou ao porto de Odessa. Veio de Londres para levar trigo russo.

No dia 27 de janeiro, dia do enterro de Lênin, a tripulação de cor do navio — três chineses, dois negros e um malaio — chamou o capitão no convés. Na cidade, bandas de música trovejavam e a nevasca uivava.

— Capitão O'Nearn — falaram os negros. — Hoje não tem carregamento, deixe a gente ir para a cidade e ficar até amanhã.

—Vão permanecer em seus postos — respondeu O'Nearn. —A tempestade tem nove graus e está ficando mais forte: perto de Sanjeika, o *Beaconsfield* ficou preso no gelo, o barômetro mostra uma coisa que era melhor que não mostrasse. Num tempo desses, a tripulação tem de ficar a bordo. Mantenham seus postos.

Depois de falar, o capitão O'Nearn foi à sua cabine se encontrar com o imediato. Riram entre si, fumaram charutos e apontaram com o dedo para a cidade, onde a nevasca uivava e as bandas de música trovejavam, numa tristeza incontrolável.

Os dois negros e os três chineses vagavam à toa pelo convés. Bafejavam nas palmas das mãos enregeladas, batiam no chão as solas de borracha das botas e espiavam pela porta entreaberta da cabine do capitão. De lá, o veludo dos divãs, o conhaque aquecido e a fumaça do tabaco refinado vazavam para a tempestade de nove graus.

— Contramestre! — gritou O'Nearn, ao ver os marinheiros. — O convés não é um bulevar, enxote esses moleques para o porão.

— Sim, senhor — respondeu o contramestre, uma coluna de carne vermelha coberta de cabelo vermelho. — Sim, senhor. — E agarrou pelo colarinho o malaio desgrenhado. Virou-o para a borda que dava para o mar aberto e jogou-o por uma escada de cordas. O malaio desceu aos trambolhões e saiu correndo pelo gelo. Os três chineses e os dois negros correram atrás.

— O senhor enxotou o pessoal para o porão? — perguntou o capitão de dentro da cabine, com o conhaque aquecido e a fumaça do tabaco refinado.

— Já enxotei, senhor — respondeu o contramestre, a coluna de carne vermelha, e se pôs de pé junto à escada de cordas, como uma sentinela na tempestade.

O vento soprava do mar — nove graus são como nove tiros de canhão disparados pelas baterias congeladas do mar. A neve branca ruge com raiva sobre os blocos de gelo. E, por cima das ondas petrificadas, cinco vírgulas retorcidas, esquecidas de si mesmas, de rostos carbonizados e paletós esvoaçantes, planaram rumo à margem, na direção das docas. Esfolando as mãos, se empoleiraram na margem, escalando estacas cobertas de gelo, correram para o porto e foram voando para a cidade, que sacudia sob o vendaval.

Um destacamento de estivadores com bandeiras negras andava na praça, rumo ao local onde ia ficar o monumento de Lênin. Os dois negros e os chineses foram junto com os estivadores. Ofegavam, apertavam as mãos de qualquer um e se regozijavam de alegria, como fugitivos dos trabalhos forçados.

Naquela hora, em Moscou, na praça Vermelha, baixavam ao túmulo o cadáver de Lênin. Entre nós, em Odessa, buzinas tocavam, a nevasca uivava e uma multidão caminhava, formada em fileiras. E só no navio *Halifax* o impenetrável contramestre se mantinha parado junto à escada de cordas, como uma sentinela na tempestade. Sob sua vigilância ambígua, o capitão O'Nearn bebia conhaque em sua cabine enfumaçada.

Ele confiou no contramestre, o O'Nearn, e ele perdeu — o capitão.

Outros contos
de Odessa

Justiça entre parênteses

Meu primeiro negócio foi com Bénia Krik, o segundo, com Liubka Shneiveis. Conseguem entender o significado dessas palavras? Conseguem penetrar no gosto dessas palavras? Nesse caminho mortal, faltava Serioja Utótchkin.* Não o encontrei daquela vez, e por isso estou vivo. Como um monumento de bronze, ele irá se erguer acima da cidade, ele — Utótchkin, ruivo e de olhos cinzentos. Todos terão de passar entre suas pernas de bronze.

Não é preciso levar meu conto para ruas mal-afamadas. Não é preciso fazer isso mesmo no caso de nessas ruas as acácias florirem e as castanhas estarem amadurecendo. Primeiro vou falar do Bénia e depois de Liubka Shneiveis. E com isso terminamos. E vou contar tudo: vou pôr o ponto final no lugar onde ele tem de ficar.

Eu era corretor. Tendo me tornado um corretor de Odessa, fiquei coberto de folhas e os galhos brotavam. Carregado de galhos, eu me sentia triste. Qual o motivo? O motivo era a concorrência. Não fosse por isso, eu nem teria fungado o nariz na tal da justiça. Em minhas mãos não se abriga nenhum ofício. Na minha frente está o ar. Ele brilha como o mar debaixo do sol, o ar vazio e bonito.

* Serguéi Isáievitch Utótchkin (1874-1916), aviador russo, primeiro dono de um automóvel em Odessa, conhecido por pilotar seu carro de forma perigosa.

Os galhos querem comer. Tenho sete, e minha esposa é o oitavo galho. Não funguei o nariz na justiça. Não. A justiça é que fungou o nariz em mim. Qual o motivo? O motivo foi a concorrência.

A cooperativa se chamava "Justiça". Não se pode falar nada de ruim sobre ela. Comete um pecado quem falar mal dela. Eram seis sócios que dirigiam, *primo di primo*, cada um deles um especialista em seu ramo. Sua loja vivia cheia de mercadoria e o policial miliciano que puseram para vigiar era o Mótia, da rua Golóvkovskaia. Precisa de mais alguma coisa? Parece que não precisa de mais nada. Quem me sugeriu o negócio foi o contador da "Justiça". Palavra de honra, um negócio honesto, um negócio tranquilo. Limpei meu corpo com uma escova de roupa e me mandei para o Bénia. O Rei fez que não notou meu corpo. Então tossi e falei:

— Pronto, Bénia.

O Rei estava fazendo um lanche. Uma jarrinha com vodca, um charuto gordo, uma esposa barriguda, de sete meses ou oito, não afirmo com segurança. Em volta da varanda, a natureza e uma parreira silvestre.

— Pronto, Bénia — falei.

— Quando? — me perguntou.

— Agora, já que o senhor me pergunta — respondi ao Rei —, tenho que dar minha opinião. Para mim, o melhor é entre o sábado e o domingo. De vigia, aliás, só vai ter o Mótia da rua Golóvkovskaia e mais ninguém. Podia ser também num dia de semana, mas para que fazer de um negócio tranquilo um negócio difícil?

Era a minha opinião. E a esposa do Rei concordou.

— Menina — disse Bénia para ela. — Quero que você vá descansar no sofá.

Depois, com dedos vagarosos, ele rasgou o anel dourado do charuto e virou-se para Froim Stern:

— Me diga, Gratch, a gente está ocupado no sábado ou não?

Mas Froim Stern é um sujeito sabido. Ruivo, um olho só na cara. Froim Stern não consegue responder de alma aberta.

— No sábado — disse ele —, o senhor prometeu ir à sociedade de crédito mútuo...

O Gratch deu a entender que não tinha mais nada a dizer e, sem a menor pressa, cravou seu único olho no canto mais afastado da varanda.

— Ótimo — respondeu Bénia Krik. — No sábado, me lembre do Tsúdetchkis, deixe isso anotado, Gratch. E você, Tsúdetchkis, vá ficar com a sua família — disse o Rei, virando-se para mim. No sábado à noitinha, é muito provável, vou dar um pulo na "Justiça". Leve minha palavra com você, Tsúdetchkis, e pode ir.

O Rei fala pouco e fala com cortesia. Isso mete tanto medo nas pessoas que elas nunca perguntam de novo. Saí da casa, segui pela rua Gospitálnaia, virei na rua Stepóvaia, depois parei a fim de examinar as palavras de Bénia. Experimentei as palavras no tato e no peso, eu as prendi entre os dentes incisivos e vi que não eram, de jeito nenhum, as palavras de que eu precisava.

— É muito provável — disse o Rei, enquanto rasgava com dedos vagarosos o anel dourado do charuto. O Rei falava pouco e falava com cortesia. Quem é que alcança o significado das poucas palavras do Rei? Pode muito bem que eu alcance, ou pode muito bem ser que eu não alcance. Entre o sim e o não estão cinco mil rublos em comissões. Sem contar as duas vacas que eu guardo para minhas necessidades: tenho nove bocas prontas para comer. Quem me deu o direito de correr riscos? Depois que o contador da "Justiça" esteve na minha casa, não terá ido falar com Bunzelman? E o Bunzelman, por sua vez, não terá ido correndo contar ao Kólia Shtift, e o Kólia é um rapaz de cabeça quente até não poder mais. As palavras do Rei, como um bloco de pedra, ficaram atravessadas no caminho onde a fome grassava, multiplicada por nove cabeças. Para ir logo ao que interessa, preveni o Bunzelman com um cochicho. Ele entrou na casa do Kólia na mesma hora em que eu saí da casa do Kólia. Fazia calor e ele suava.

— Espere aí, Bunzelman — falei para ele. — Está com muita pressa à toa e também está suando à toa. Aqui, sou eu que como. *Und damit Punktum*,* como dizem os alemães.

E veio o quinto dia. E veio o sexto dia. O sábado passou pelas ruas de Moldavanka. O Mótia já estava em seu posto, eu já estava dormindo em minha cama, Kólia estava dando duro na "Justiça". Ele tinha carregado meia carroça e pretendia carregar outra meia carroça. Nessa hora, no beco, ouviu-se o barulho, o rugido de uma roda reforçada com ferro; o Mótia da rua Golóvkovskaia agarrou-se ao poste telegráfico e perguntou: "É para derrubar?". Kólia respondeu: "Ainda não está na hora". (A questão era que, em caso de necessidade, o poste podia ser derrubado.)

Uma carroça entrou no beco devagar e foi se aproximando da loja. Kólia entendeu que a milícia estava chegando e seu coração começou a se fazer em pedaços, porque era triste ter de largar seu trabalho.

— Mótia — disse ele. — Quando eu der um tiro, o poste vai tombar.

— Está falado — respondeu Mótia.

Shtift voltou para a loja e todos seus ajudantes foram com ele. Ficaram parados ao longo da parede e sacaram os revólveres. Dez olhos e cinco revólveres estavam apontados para a porta, tudo isso sem contar o poste serrado ao meio. A juventude estava cheia de impaciência.

— Caiam fora, milicianos — sussurrou alguém que não se conteve. — Caiam fora, senão a gente vai pôr para correr...

— Cale a boca — falou Bénia Krik, pulando do mezanino. — Onde foi que você viu gente da milícia, seu cabeça de bagre? É o Rei.

---

* "E ponto final."

Mais um pouco e ia acontecer uma desgraça. Bénia derrubou Shtift com um soco e apanhou seu revólver. Do mezanino, começou a descer feito chuva uma porção de homens. No escuro não dava para distinguir nada.

— Veja só — gritou Kolka. — Bénia quer me matar, isso é muito interessante...

Pela primeira vez na vida, acharam que o Rei era um agente da polícia. Isso merecia uma boa risada. Os criminosos gargalharam com toda força. Acenderam suas lanternas, rasgaram a barriga de tanto rir, se sacudiam sobre o chão, sufocados pelo riso.

Só o Rei não ria.

— Em Odessa dizem — começou ele, com voz séria. — Em Odessa dizem: o Rei se deixou tentar pelos honorários de seu camarada.

— Vão dizer isso uma vez só — respondeu Shtift. — Ninguém vai dizer isso para ele duas vezes.

— Kólia — continuou o Rei, em voz baixa e solene. — Você acredita mesmo em mim, Kólia?

E então os criminosos pararam de rir. Na mão de cada um deles havia uma lanterna acesa, mas o riso fugiu de rastros da cooperativa "Justiça".

— No que é que eu devo acreditar em você, Rei?

— Será que você acredita, Kólia, que estou aqui à toa?

E sentou numa cadeira o Rei sossegado, cobriu os olhos com a manga empoeirada e desatou a chorar. O orgulho desse homem era tão grande que ele ainda ia arder no fogo do inferno. E todos os criminosos, cada um deles, viram como seu Rei chorava por causa do orgulho ferido.

Depois ficaram um de frente para o outro. Bénia parado e Shtift parado. Começaram a se cumprimentar com a mão, se desculparam, se beijaram nos lábios e tanto um como o outro apertou a mão de seu camarada com tanta força que pareciam querer arrancar a mão. A alvorada começava a pestanejar seus olhos meio cegos, Mótia tinha ido para a delegacia para encerrar seu turno de serviço, duas carroças cheias levaram embora aquilo que no passado chamavam de cooperativa "Justiça" e o Rei e Kólia continuavam a se lamentar, continuavam a se curvar em reverência um para o outro e, com o braço nos ombros um do outro se beijavam com afeto, como bêbados.

Por quem o destino estava procurando naquela manhã? Estava procurando por mim, Tsúdetchkis, e me encontrou.

— Kólia — perguntou afinal o Rei. — Quem foi que disse para você vir aqui na "Justiça"?

— Tsúdetchkis. E você, Bénia, quem disse para você vir?

— Também foi o Tsúdetchkis.

— Bénia — exclamou então Kólia. — Será possível que a gente vá deixar o Tsúdetchkis vivo?

— Isso nem se discute, é claro que não — respondeu Bénia, virando-se para o caolho Stern, que estava num canto e sorria, porque ele e eu estávamos brigados. — Froim, encomende um caixão de luxo enquanto eu vou falar com o Tsúdetchkis. Kólia, quando a gente começa uma coisa, tem a obrigação de terminar, e eu peço muito para você, em meu nome e em nome de minha esposa, que venha me visitar amanhã de manhã e comer na companhia da minha família.

Às cinco horas da manhã, ou melhor, às quatro da manhã, mas pode ser que ainda não fossem quatro, o Rei entrou no meu quarto, me pegou, desculpe a expressão, pelas costas, me tirou da cama, me pôs no chão e colocou o pé em cima do meu nariz. Tendo ouvido os barulhos e tudo, minha esposa pulou da cama e perguntou para Bénia:

— Monsieur Krik, por que o senhor está zangado com o meu Tsúdetchkis?

— Como por quê? — respondeu Bénia, sem tirar o pé da minha fuça, e lágrimas escorreram de seus olhos. — Ele lançou uma sombra no meu nome, ele me desgraçou na frente de meus camaradas, pode se despedir dele, madame Tsúdetchkis, porque minha honra vale mais do que minha felicidade e ele não pode continuar a viver...

Sem parar de chorar, ele me pisoteou. Minha esposa, vendo que eu sentia muita dor, começou a gritar. Isso aconteceu por volta das quatro e meia, mas ela só parou às oito horas. E ela partiu com tudo para cima dele, ai, com tudo mesmo! Foi uma maravilha!

— Por que ter raiva do meu Tsúdetchkis? — gritava ela, de pé em cima da cama, e eu, me contorcendo no chão, olhava para ela extasiado. — Para que bater no meu Tsúdetchkis? Só por que ele quer alimentar nove bocas famintas? Você, seu fulano, pode ser Rei, é genro de um homem rico e também é rico, e seu pai também é rico. Você é um homem que tinha o mundo aberto pela frente, todo mundo a seus pés, o que importa um negócio dar errado para Béntchik, se a semana seguinte vai trazer sete bons negócios? Não se atreva a bater no meu Tsúdetchkis! Não se atreva!

Ela salvou minha vida.

Quando as crianças acordaram, começaram a berrar em uníssono com minha esposa. Mesmo assim, Bénia estragou minha saúde na medida exata que ele achou que precisava estragar. Deixou duzentos rublos para meu tratamento médico e foi embora. Levaram-me para o hospital dos judeus. No domingo, eu estava morrendo, na segunda melhorei, mas na terça tive uma crise.

Essa é minha primeira história. Quem é o culpado e qual é a causa? Será que Bénia é o culpado? Não adianta jogar poeira nos olhos um do outro. Como Bénia, o Rei, não existe outro. Aniquilando a mentira, ele busca a justiça, uma justiça entre parênteses e sem parênteses. Só que todos os outros ficam impassíveis, que nem uma sopa gelada de beterraba, eles não gostam de buscar nada, não vão buscar, e isso é que é o pior.

Eu me curei. Mas foi só para cair nas mãos de Liubka, depois de ter escapado das mãos de Bénia. Primeiro foi com o Bénia e depois com o Liubka Shneiveis. Mas vamos terminar aqui. E que todos digam: o ponto final está no lugar onde deve ficar.

O fim do asilo de velhos

No tempo da fome, não havia em Odessa quem vivesse melhor do que os residentes do asilo de velhos do segundo cemitério judeu. Kofman, o comerciante de roupas, construiu faz tempo um asilo para velhos junto ao muro do cemitério, em memória de sua esposa, Isabella. O assunto foi tema de muita piada no café Fankoni. Mas, no final, Kofman tinha razão. Depois da revolução, os velhos e as velhas que tinham procurado abrigo e sustento no cemitério arranjaram empregos como coveiros, cantores fúnebres e lavadores de defuntos. Eles tomaram para si um caixão de carvalho com capa e borlas de prata e alugavam para os pobres.

Naquele tempo, as tábuas tinham desaparecido de Odessa. Um caixão de aluguel nunca ficava sem cliente. O falecido era deixado na caixa de carvalho, em sua casa e no velório; mas era despejado na sepultura enrolado numa mortalha. Essa era uma lei judaica esquecida.

Os sábios ensinaram que não convém impedir que os vermes alcancem o cadáver: ele é impuro. "Da terra tu vieste e para a terra hás de voltar."

Por causa do renascimento da antiga lei, os velhos recebiam em sua ração um reforço que ninguém naquele tempo sonhava ganhar. À noite, eles se embriagavam na adega de Zalman Krivórutchka e davam as sobras de comida para os outros.

A prosperidade deles só foi perturbada quando veio a revolta das colônias alemãs. Na luta, os alemães mataram o comandante da guarnição, Guerch Lugóvoi.

Foi enterrado com honras militares. As tropas marcharam sobre o cemitério com bandas militares, cozinhas de campanha e carroças com metralhadoras. Diante da sepultura aberta, proferiram discursos e fizeram juramentos.

— O camarada Guerch — gritou Lenka Broitman, o chefe da divisão, curvado para frente — entrou para o RSDRP* dos bolcheviques em 1911, no qual trabalhou como propagandista e agente de ligação. O camarada Guerch começou a sofrer perseguições junto com Sónia Ianóvskaia, Ivan Sókolov e Monoszon em 1913, na cidade de Nikoláiev...

Arie-Leib, diretor do asilo, mantinha-se a postos com seus camaradas. Lenka mal tinha terminado seu discurso de despedida quando os velhos começaram a pôr de lado o caixão a fim de despejar o defunto na cova enrolado numa bandeira. Discretamente, Lenka cutucou Arie-Leib com a espora.

— Cai fora — disse ele. — Cai fora daqui... Guerch serviu a República...

Diante dos olhos pasmos dos velhos, Lugovoi foi enterrado junto com o caixão de carvalho, as borlas e a capa preta em que estrelas de Davi e versos de preces fúnebres em hebraico antigo estavam bordados em prata.

— Somos gente morta — disse Arie-Leib a seus camaradas, depois do enterro. — Estamos nas mãos do faraó...

E correu ao encontro de Broidin, supervisor do cemitério, para pedir tábuas para fazer um caixão novo e também pano para a capa. Broidin prometeu, mas nada fez. Em seus planos não se incluía o enriquecimento dos velhos. Falou no escritório:

— Meu coração dói mais pelos trabalhadores da união

* Partido Social Democrata Revolucionário dos Trabalhadores.

municipal que estão desempregados do que por esses especuladores...

Broidin prometeu, mas nada fez. Na adega de Zalman Krivórutchka, choveram maldições talmúdicas em sua cabeça e na cabeça dos membros da união municipal. Os velhos amaldiçoaram o tutano dos ossos de Broidin e dos membros da união e a semente mais nova no útero de suas esposas, e desejaram, para cada um deles, um tipo especial de paralisia e de úlcera.

Sua renda diminuiu. Sua ração agora consistia de uma sopa azulada com espinhas de peixe. O segundo prato era *kacha** de cevada sem um pingo de manteiga.

Um velho de Odessa pode tomar qualquer tipo de sopa, seja lá do que for, contanto que ela contenha uma folha de louro, alho e pimenta. Ali não tinha nada disso.

O asilo chamado Isabella Kofman compartilhava uma área comum. A raiva dos velhos esfomeados cresceu. E foi tombar sobre a cabeça da pessoa que, entre todos, menos esperava por isso. Essa pessoa vinha a ser a dra. Judite Shmaisser, que tinha ido ao asilo para aplicar vacinas contra varíola.

O Comitê Executivo da Província publicou uma ordem que determinava a vacinação obrigatória. Judite Shmaisser colocava seus instrumentos sobre a mesa e acendia uma lamparina a álcool. Diante das janelas havia muros esmeralda, formados pelas moitas do cemitério. A linguinha azul da chama se misturava com os relâmpagos de junho.

Quem estava mais perto de Judite era Meyer Beskoniétchni,** um velho esquelético. Ele acompanhava com ar soturno os preparativos de Judite.

— Vou dar uma espetada no senhor — disse Judite e brandiu a pinça. Ela começou a retirar dos trapos o braço azul de Meyer, que mais parecia uma tripa.

O velho encolheu o braço.

---

* Papa ou mingau. (N.T.)
** Em russo, "interminável". (N.T.)

— Não tenho o que espetar...
— Não vai doer — gritou Judite. — Na carne não dói...
— Não tenho carne — disse Meyer Beskoniétchni. — Não tenho o que espetar...

Do canto da sala responderam com um soluço abafado. Era Doba-Leia quem soluçava, a antiga cozinheira nos banquetes de circuncisão. Meyer retorceu as faces apodrecidas.

— A vida é uma bosta — balbuciou. — O mundo é um bordel, todo mundo é vigarista...

O pincenê no nariz de Judite balançou, seu peito subiu no jaleco engomado. Ela abriu a boca para explicar o benefício da vacinação contra a varíola, mas Arie-Leib, o diretor do asilo, a interrompeu.

— Senhora — disse ele. — Também temos mãe, como a senhora. Essa mulher, a nossa mãe, nos deu à luz para viver, não para sermos torturados. Ela queria que vivêssemos bem e tinha razão, tanto quanto pode uma mãe. Uma pessoa que se contenta com o que o Broidin lhe dá, essa pessoa não vale o material de que é feita. O objetivo da senhora, madame, consiste em inocular a varíola e a senhora, se Deus quiser, vai inocular. Nosso objetivo consiste em continuar a viver nossa vida e não torturar a vida, e nós não estamos alcançando esse objetivo.

Doba-Leia, velha bigoduda de cara de leão, soluçou mais alto ainda ao ouvir aquelas palavras. E soluçava com voz de baixo.

— A vida é uma bosta — repetiu Meyer Beskoniétchni.
— Todo mundo é vigarista...

O paralítico Simon-Wolf agarrou-se à roda de sua cadeira e, chiando e virando para baixo as palmas das mãos, moveu-se na direção da porta. O solidéu se deslocou em cima de sua cabeça vermelha e inchada. Atrás de Simon-Wolf, todos os trinta velhos e velhas, resmungando e fazendo caretas, se precipitaram pela alameda principal. Sacudiam as muletas e zurravam como asnos famintos.

Ao vê-los, o vigia fechou com força os portões do cemitério. Os coveiros ergueram as pás cheias de terra e raízes de grama e ficaram parados de espanto.

Com a bagunça apareceu o barbado Broidin, de polainas, boné de ciclista e paletó curto.

— Vigarista — gritou Simon-Wolf para ele. — Não tem nada na gente para espetar... em nossos braços não tem carne...

Doba-Leia arreganhou os dentes e começou a soluçar. Tentou atropelar Broidin, empurrando a cadeira de rodas do paralítico. Arie-Leib, como sempre, começou com suas parábolas e alegorias esquivas, distantes, cujo objetivo nem todo mundo enxergava.

Começou com a alegoria do rabino Óssia, que deu sua propriedade para os filhos, o coração para a esposa, o temor para Deus, os impostos para César e, para si, ficou apenas com um lugar embaixo de uma oliveira, onde o sol, ao se pôr, brilhava por mais tempo. Do rabino Óssia, Arie-Leib passou a falar das tábuas para fazer um caixão novo e da ração.

Broidin afastou os pés metidos em polainas e escutou, sem erguer os olhos. A barragem marrom de sua barba jazia imóvel sobre o paletó novo; ele parecia entregue a pensamentos dolorosos e serenos.

— Você me desculpe, Arie-Leib — suspirou Broidin, dirigindo-se ao sábio do cemitério. — Desculpe se digo que não posso deixar de ver em você pensamentos ocultos e um elemento político... Nas suas costas, Arie-Leib, não posso deixar de ver pessoas que sabem o que estão fazendo, assim como você também sabe o que está fazendo...

Então Broidin ergueu os olhos. Num instante, eles se inundaram com a água branca da raiva. As colinas trêmulas de suas pupilas pousaram nas pupilas dos velhos.

— Arie-Leib — disse Broidin com sua voz forte. — Leia os telegramas da República Tártara, onde uma enorme quantidade de tártaros está passando fome, como loucos...

Leia o apelo dos proletários de Petersburgo, que trabalham e esperam, em suas máquinas, passando fome...

— Não tenho tempo para esperar — Arie-Leib interrompeu o supervisor. — Não tenho tempo...

— Existe gente — trovejou Broidin, sem ouvir nada — que vive pior do que você e há milhares de pessoas que vivem pior do que aquelas que vivem pior do que você... Você semeia desgostos, Arie-Leib, vai colher tempestades. Vocês serão gente morta se eu der as costas para vocês. Vão morrer se eu for pelo meu caminho e vocês, pelo seu. Você vai morrer, Arie-Leib. Vai morrer, Simon Wolf. Vai morrer, Meyer Beskoniétchni. Mas antes de morrer, me digam, tenho interesse em saber, se existe entre nós um poder soviético ou, quem sabe, ele não existe em nossa terra? Se ele não existe e eu estou enganado, então me conduzam ao sr. Benzon na esquina das ruas Deribassóvskaia e Iekatierininskaia, onde me matei de trabalhar como alfaiate durante todos os anos de minha vida... Diga-me que estou errado, Arie-Leib...

E o supervisor do cemitério chegou bem pertinho dos aleijados. Suas pupilas trêmulas se lançaram sobre os velhos. Como raios de holofotes, como línguas de fogo, elas voaram para cima do rebanho, que gemia, morto de pavor. As polainas de Broidin estalavam, o suor gotejava do rosto vincado, ele chegava cada vez mais perto de Arie-Leib e exigia uma resposta — será que estava enganado, ao supor que já existia um poder soviético?...

Arie-Leib ficou em silêncio. Aquele silêncio poderia ter sido sua ruína se no fim do beco não tivesse aparecido Fiodka Stiepun, descalço, de camisa de marinheiro.

Fazia algum tempo que Fiodka tinha sido ferido em combate em Rostov, estava se curando, morando numa barraca junto ao cemitério, levava um apito num cordão laranja da polícia e um revólver sem coldre.

Fiodka estava bêbado. Cachos crespos de pedra pendiam na frente de sua testa. Abaixo dos cachos, o rosto de ossos salientes se contraía em espasmos. Aproximou-se do túmulo de Lugovoi, rodeado por coroas de flores secas.

— Onde você estava, Lugovoi — disse Fiodka para o falecido —, quando eu tomei Rostov?...

O marinheiro rangeu os dentes, soprou no apito da polícia e tirou o revólver da cintura. O bico de corvo do revólver rebrilhou.

— Esmagaram os tsares — começou a gritar Fiodka. — Não há mais tsares... Que todos sejam enterrados sem caixão...

O marinheiro apertou o revólver. Seu peito estava nu. Nele estava tatuada a palavra "Riva" e um dragão com a cabeça inclinada na direção de um mamilo.

Os coveiros, com as pás erguidas, se aglomeraram em torno de Fiodka. As mulheres que lavavam os defuntos saíram de seus cubículos e se prepararam para urrar junto com Doba-Leia. Ondas imensas bateram de encontro aos portões fechados do cemitério.

Pessoas que traziam parentes defuntos em carrinhos de mão exigiam que as deixassem entrar. Mendigos batiam as muletas nas grades.

— Esmagaram os tsares. — O marinheiro deu um tiro para o céu.

As pessoas se precipitaram pela rua aos pinotes. Broidin aos poucos foi coberto por uma palidez. Ergueu a mão, concordou com todas as exigências dos residentes no asilo e, dando meia-volta como um soldado, foi embora para o escritório. No mesmo instante os portões se escancararam. Os parentes dos mortos, empurrando carrinhos de mão, avançavam afoitos pelas trilhas. Cantores fúnebres improvisados, em falsetes cortantes, cantavam "El molei rakhim"* diante dos túmulos abertos. À noitinha, eles celebraram sua vitória na adega de Krivórutchka. Serviram para Fiodka três garrafas de vinho da Bessarábia.

* Em hebraico, "Deus é cheio de misericórdia". (N.T.)

— *Hevel havolim** — falou Arie-Leib, brindando com o marinheiro. — Você é um homem de espírito, com você se pode viver... *Kuloi hevel...***

A esposa de Krivórutchka, que cuidava da adega, estava lavando copos atrás do balcão.

— Quando um homem russo tem bom caráter — comentou a madame Krivórutchka —, isso é mesmo uma maravilha...

Levaram Fiodka embora quando já passava de uma hora da madrugada.

— *Hevel havolim* — ele balbuciava as palavras incompreensíveis e nefastas tropeçando pela rua Stepóvaia. — *Kuloi hevel...*

No dia seguinte, deram aos velhos do asilo quatro torrões de açúcar e carne na sopa de repolho. À noite, os levaram ao teatro municipal para assistir a um espetáculo organizado pelo departamento de assistência social. Era a ópera *Carmem*. Pela primeira vez na vida inválidos e deformados viram as fileiras douradas do teatro de Odessa, o veludo de suas paredes, o brilho oleoso de seus lustres. Nos intervalos entre os atos, todos ganharam sanduíches com salsichas de fígado.

Levaram os velhos para o cemitério num caminhão do Exército. Entre explosões e rugidos, o caminhão abriu caminho pelas ruas congeladas. Os velhos adormeceram de barriga cheia. Arrotaram no sono e se sacudiram de saciedade, como cachorros esgotados de tanto correr.

De manhã, Arie-Leib levantou mais cedo do que os outros. Virou-se para o leste a fim de rezar um pouco e viu na porta um aviso. No papelzinho, Broidin comunicava que o asilo ia ser fechado para reforma e todos os asilados tinham data marcada para comparecer ao departamento de assistência social da província para verificar sua capacidade de trabalho.

---

* Em hebraico, "Vaidade das vaidades". (N.T.)
** Em hebraico, "Tudo é vaidade". (N.T.)

O sol emergiu acima do topo do bosque verde do cemitério. Arie-Leib ergueu os dedos aos olhos. Das concavidades apagadas surgiu uma lágrima.

A alameda de castanheiros, radiosa, desembocava no necrotério. Os castanheiros estavam em flor, as árvores tinham flores brancas e altas nos ramos espraiados. Uma mulher desconhecida, que veio de fora, com o xale amarrado com força sobre o peito, tomava conta do necrotério. Lá tudo tinha sido modificado — as paredes, decoradas com abetos, as mesas, raspadas. Uma mulher lavava um bebê. Virava com eficiência o corpo para um lado e para o outro: numa corrente de diamantes, a água gotejava pelas costas espremidas, manchadas.

De polainas, Broidin estava sentado na escadinha da entrada do necrotério. Tinha o aspecto de um homem descansado. Tirou seu quepe e enxugou a testa com um lenço amarelo.

— Na união, eu falei bem assim para a camarada Andreitchka — a voz da mulher desconhecida era meio cantada. — A gente não tem medo de trabalho... Podem perguntar sobre nós lá em Iekatierinoslav... Iekatierinoslav sabe como é o nosso trabalho...

— Fique à vontade, camarada Bliuma, fique à vontade — disse Broidin com voz calma, enquanto enfiava no bolso o lenço amarelo. — Comigo é fácil se dar bem... Comigo é fácil se dar bem... — repetiu e virou os olhos cintilantes para Arie-Leib, que havia se arrastado até o alpendre. — É só não cuspir na minha *kacha*...

Broidin não terminou de falar: uma charrete atrelada a um cavalo alto e negro parou no portão. Da charrete desceu o diretor do departamento municipal de economia, com uma camisa bem-arrumada. Broidin foi logo até ele e levou-o para o cemitério.

O antigo aprendiz de alfaiate mostrou para o chefe a história centenária de Odessa que repousava embaixo das lajes de granito. Mostrou-lhe os mausoléus e as catacumbas dos exportadores de trigo, dos armadores e vendedores de navios, que construíram a Marselha da Rússia, onde ficava o vilarejo de Khadjibei. Eles estavam enterrados ali — com o rosto virado para o portão —, os Ashkenazi, os Hessen e os Efrussi —, os polidos miseráveis, os fanfarrões filósofos, os criadores das riquezas e das anedotas de Odessa. Jaziam embaixo dos monumentos de labradorita e mármore rosa, cercados por cadeias de castanheiras e acácias da plebe, encostadas aos muros.

— Eles não deixaram viver enquanto estavam vivos — Broidin bateu no mausoléu com a bota. — Eles não deixaram morrer depois da morte...

Inspirado, contou ao diretor do departamento municipal de economia seu projeto de reconstrução do cemitério e o plano da campanha contra a confraria funerária dos judeus.

— E retire aqueles lá também — o diretor apontou para os mendigos em fila junto ao portão.

— Será feito — respondeu Broidin. — Aos poucos, tudo será feito...

— Bem, mexa-se — disse o diretor Maiórov. — Mantenha a ordem aqui, meu caro... E mexa-se...

Ele ergueu o pé no estribo da charrete e lembrou-se de Fiodka.

— Quem era aquele palhaço, lá?...

— Um rapaz com trauma de guerra — respondeu Broidin, de olhos baixos. — Às vezes se descontrola... Mas agora explicaram para ele como são as coisas e ele está pedindo desculpas...

— Tem um jeito certo de pôr a panela no fogo e mexer... — disse Maiórov ao seu auxiliar, enquanto ia embora.

O cavalo alto levou-o na direção da cidade, junto com o diretor do departamento de aprimoramento do serviço público. No caminho encontraram os velhos e as velhas expulsos do asilo. Eles capengavam, curvados embaixo das trouxas, e se arrastavam em silêncio. Animadamente, militares do Exército Vermelho tocavam os velhos em fileiras. As cadeiras de rodas dos paralíticos rangiam. O chiado da asma e o estertor submisso irrompiam do peito dos cantores fúnebres aposentados, dos bufões de festa de casamento, das cozinheiras de festas de circuncisão e dos balconistas que não serviam mais para trabalhar.

O sol estava alto. O calor castigava o monte de trapos que se arrastavam pela terra. Seu caminho passava por uma estrada sem alegria, pedregosa, calcinada, por casebres de barro, campos cheios de pedras, casas arrombadas, destruídas por bombas, e pelo monte da peste.* Naquele tempo, em Odessa, uma estrada indescritivelmente triste ia da cidade para o cemitério.

---

* Local onde estão enterradas as vítimas da peste que grassou em Odessa no início do século XIX. (N.T.)

Froim Gratch

Em 1919, o pessoal de Bénia Krik atacou pela retaguarda as tropas voluntárias,* passou os oficiais a fio de espada e capturou parte do comboio. Como recompensa, exigiu do soviete de Odessa três dias de "insurreição pacífica", mas não recebeu autorização e por isso saqueou as mercadorias de todas as lojas ao longo da avenida Aleksándrovski. Em seguida, seu ímpeto foi atraído para a Sociedade de Crédito Mútuo. Deixou todos os clientes passarem na frente, depois entrou no banco e pediu aos empregados que pusessem no automóvel parado na rua os sacos cheios de dinheiro e de objetos de valor. Passou um mês antes que eles começassem a ser fuzilados. Então apareceram pessoas que disseram que as capturas e as prisões tinham a ver com Aron Piéskin, dono de uma oficina. Em que consistia o trabalho daquela oficina, não se sabia direito. Na casa de Piéskin, havia um torno — uma máquina comprida com um eixo de chumbo torcido; no chão, havia serragem espalhada e papelão grosso para encadernação.

Um dia, numa manhã de primavera, Micha Iáblotchko, amigo de Piéskin, foi falar com ele na oficina.

— Aron — disse o visitante —, está fazendo um tempo

---

* Trata-se de uma parte do Exército Branco, principal resistência militar ao governo bolchevique na chamada Guerra Civil. Recebeu apoio do Exército de catorze países.

maravilhoso na rua. Na minha pessoa você tem um tipo disposto a pegar meia garrafa, uns petiscos gostosos e depois dar um passeio nos ares da Arcádia... Você pode rir de um sujeito assim, mas de vez em quando eu gosto de tirar da cabeça todos esses pensamentos...

Piéskin trocou de roupa e foi com Micha Iáblotchko em sua charrete para a Arcádia. Ficaram passeando até de tarde; no crepúsculo, Micha Iáblotchko entrou na casa onde madame Piéskina dava banho em sua filha de catorze anos numa tina.

— Boa tarde — disse Micha, tirando o chapéu. — Tivemos um dia incomparável. O ar estava como nunca se viu, só que, para conversar com seu marido, a gente tem de suar a camisa... Ele tem um caráter enjoado.

— Estou cansada de saber disso — respondeu madame Piéskina, segurando a filha pelos cabelos e rodando para todos os lados. — E onde é que ele está, esse aventureiro?

— Está descansando no jardim.

Micha levantou o chapéu outra vez, despediu-se e foi para a charrete. Madame Piéskina, sem esperar o marido, foi atrás dele no jardim. Estava sentado, de chapéu panamá, a cabeça apoiada nos cotovelos sobre a mesa de jardim e os dentes à mostra.

— Seu aventureiro — disse madame Piéskina. — E você ainda ri... Eu estou aqui tendo um ataque por causa da sua filha, que não quer lavar a cabeça... Anda, vai ter uma conversa com sua filha...

Piéskin ficou calado e continuava com os dentes à mostra.

— Bobalhão — começou madame Piéskina, espiou a cara do marido por baixo do chapéu panamá e aí desatou a gritar.

Os vizinhos vieram correndo, ao ouvir os gritos.

— Ele não está vivo — disse madame Piéskina. — Está morto.

Era um engano. Dois tiros tinham atingido o peito de Piéskin e o crânio tinha sido fraturado, mas ele ainda estava vivo. Foi levado para o hospital judaico. Ninguém menos que o dr. Zilberberg fez a cirurgia no ferido, mas a sorte não ajudou — ele morreu embaixo da faca. Na mesma noite, a Tcheká* prendeu um homem apelidado de o Georgiano e seu amigo Kólia Lapidus. Um deles era o cocheiro de Micha Iáblotchko, o outro esperava a charrete na Arcádia, na beira do mar, na curva que levava para a estepe. Foram fuzilados depois de um interrogatório que durou pouco. Só Micha Iáblotchko escapou da cilada. Seu rastro desapareceu e, alguns dias depois, uma velha que vendia sementes de girassol apareceu na porta da casa de Froim Gratch. Trazia na mão uma cesta com sua mercadoria. Só uma sobrancelha estava erguida, como uma moita peluda e pontuda, a outra, quase imperceptível, se dobrava por cima da pálpebra. Froim Gratch estava sentado de pernas abertas junto ao estábulo e brincava com Arkádi, seu neto. Três anos antes, o menino tinha caído do útero robusto de sua filha Baska. O avô estendeu o dedo para Arkádi, que o agarrou, se pendurou nele como numa trave e começou a se balançar.

— Você é um maluco... — disse Froim para o neto, olhando para ele com um olho só.

A velha de sobrancelha peluda se aproximou, calçando botinas de homem amarradas com cadarços.

— Froim — falou a velha. — Estou dizendo para você que essa gente não tem humanidade. Eles não têm palavra. Estão espremendo a gente no fundo dos porões, como se estivessem enterrando cachorros. Não deixam a gente falar antes da morte... Essa gente tem de ser morta a dentadas e seu coração tem de ser arrancado... Você fica aí calado, Froim — acrescentou Micha Iáblotchko. — A rapaziada está esperando que pare de ficar calado...

Micha levantou-se, passou a cesta de uma mão para a outra e foi embora, depois de levantar a sobrancelha negra.

---

* Órgão encarregado de investigar as atividades contrarrevolucionárias.

Três meninas com tranças nos cabelos toparam com ele na praça Alekséievski, na frente da igreja. Estavam passeando, abraçadas umas às outras pela cintura.

— Senhoritas — disse Micha Iáblotchko. — Não vou lhes oferecer chá e pão ázimo...

Com o copo, despejou sementes de girassol nos bolsos delas e sumiu, atrás da igreja.

Froim Gratch ficou sozinho em sua casa. Sentado, imóvel, cravava o único olho na distância. Mulas recapturadas das tropas coloniais* trincavam feno entre os dentes no estábulo, éguas cevadas pastavam com os potros na horta. Na sombra de um castanheiro, cocheiros jogavam cartas e bebericavam vodca em xícaras quebradas. Quentes rajadas de vento batiam nas paredes caiadas, o sol, em seu torpor azul, se derramava sobre o pátio. Froim se levantou e saiu para a rua. Atravessou a rua Prókhorovskaia, que exalava para o céu a fumaça indigente e diluída de suas cozinhas, e a praça da feira de mercadorias roubadas, onde pessoas enroladas em cortinas e telas as vendiam uns para os outros. Ele chegou à rua Iekatieríninskaia, dobrou no monumento à imperatriz e entrou no prédio da Tcheká.

— Sou Froim — falou para o comandante. — Preciso falar com o patrão.

Na ocasião, o diretor da Tcheká era Vladislav Simen, que viera de Moscou. Ao saber da chegada de Froim, chamou o inspetor Borovoi para indagar acerca do visitante.

— É um sujeito de importância colossal — respondeu Borovoi. — Odessa inteira vai passar na frente do senhor...

E o comandante mandou entrar em seu gabinete o velho de casacão de lona, enorme como um prédio, ruivo, com um olho tapado e a bochecha desfigurada.

— Patrão — disse o visitante. — Quem você pensa que está caçando? Você está caçando águias. Vai acabar ficando com o quê, com lixo?

* Refere-se às tropas estrangeiras que invadiram a Rússia.

Simen fez um movimento e entreabriu a gaveta da mesa.

— Estou vazio — disse então Froim —, não tenho nada nas mãos, nada nas botinas, e também não pus ninguém na rua, em frente ao portão... Deixe meus meninos saírem, patrão, diga seu preço...

Mandaram o velho sentar na poltrona, serviram conhaque. Borovoi saiu do gabinete e reuniu na sua sala os investigadores e comissários que tinham vindo de Moscou.

— Vou mostrar um sujeito para vocês — disse ele. — É uma epopeia, não existe outro igual...

E Borovoi contou que o caolho Froim, e não Bénia Krik, era o verdadeiro cabeça dos quarenta mil ladrões de Odessa. Seu jogo era feito às escondidas, mas tudo acontecia conforme os planos do velho: a pilhagem das fábricas e da tesouraria de Odessa, o ataque aos voluntários e às tropas aliadas. Borovoi ficou esperando a saída do velho para conversar um pouco com ele. Froim não aparecia. Cansado, o investigador foi à sua procura. Contornou o prédio inteiro e deu uma olhada no pátio dos fundos. Froim Gratch estava estirado no chão, embaixo de uma lona encerada, junto à parede coberta de hera. Dois soldados do Exército Vermelho fumavam cigarros feitos por eles mesmos diante de seu cadáver.

— Igual a um urso — disse o mais velho, ao ver Borovoi. — Uma força tremenda... Se ninguém mata esse velho, não ia morrer nunca... Com dez balas no corpo e não queria parar, se arrastava...

O soldado ficou vermelho, os olhos brilharam, o quepe tombou de lado.

— Você fala demais — cortou o outro soldado da escolta. — Morreu, está morto, acabou, não faz diferença...

— Ah, não é assim, não — exclamou o mais velho. — Um pede perdão, berra, outro não fala nada... Como pode dizer que são todos iguais?...

— Para mim, são todos iguais — repetiu sem hesitar o soldado mais jovem. — Todos têm a mesma cara, não vejo diferença...

Borovoi inclinou-se e levantou a lona encerada. No rosto do velho, persistia uma careta de movimento.

O investigador voltou para sua sala. Era uma sala circular, forrada de cetim. Ali havia uma reunião sobre as novas normas burocráticas. Simen estava fazendo um relatório sobre as desordens que havia encontrado, as sentenças mal redigidas, a organização absurda das atas de investigação. Insistia em que os investigadores deviam formar grupos, deviam começar a trabalhar com jurisconsultos e deviam conduzir as atividades segundo os padrões e os exemplos aprovados pela direção geral em Moscou.

Borovoi escutava, sentado em seu canto. Ficava sozinho, longe dos outros. Simen se aproximou dele depois da reunião e o pegou pelo braço.

— Está zangado comigo, eu sei — disse ele. — Só nós somos a autoridade, Sacha, nós somos o poder do Estado, não se pode esquecer...

— Não estou zangado — respondeu Borovoi e virou-se para o lado. — O senhor não é de Odessa, não consegue entender, tem toda uma história aqui, junto com aquele velho...

Sentaram-se lado a lado, o diretor, que tinha feito vinte e três anos, e seu subordinado. Simen segurou a mão de Borovoi e apertou-a.

— Responda-me como um tchekista — disse ele, após um momento de silêncio. — Responda-me como um revolucionário: para que será necessário aquele homem na sociedade futura?

— Não sei. — Borovoi não se mexia e olhava fixo para frente. — Na certa, não é necessário...

Fez um esforço e rechaçou as recordações. Depois, animando-se, começou de novo a contar aos tchekistas que tinham vindo de Moscou a vida de Froim Gratch, sua sabedoria, sua esperteza na fuga, seu desprezo pelo próximo, todas aquelas histórias assombrosas, que pertencem ao passado...

Karl-Yankel

No tempo de minha infância, em Peréssip, havia uma oficina de ferreiro que pertencia a Ioina Brutman. Lá se reuniam vendedores de cavalos, cocheiros — em Odessa, eram chamados de *bindiújniki* — e açougueiros dos matadouros da cidade. A oficina de ferreiro ficava na estrada de Balta. Escolhido por ser um bom local de observação, de lá se podia interceptar os mujiques que transportavam aveia e vinho da Bessarábia para a cidade. Ioina era assustado, miúdo, mas estava habituado à bebida, nele habitava a alma do judeu de Odessa.

No meu tempo, Ioina tinha três filhos. O pai batia na cintura deles. Na praia de Peréssip, refleti pela primeira vez sobre o poder das forças que, em segredo, habitam a natureza. Três touros cevados, de ombros avermelhados e patas do tamanho de pás, os filhos levavam o mirrado Ioina para a água como se carregassem um bebê. E no entanto o pai era mesmo ele e nenhum outro. Disso não havia dúvida. A esposa do ferreiro ia à sinagoga duas vezes por semana: na noite de sexta-feira e no sábado de manhã; a sinagoga era hassídica e, na Páscoa, ali se dançava até o delírio, como os dervixes. A esposa de Ioina pagava tributo aos emissários enviados pelos *tsadik* da Galícia para as províncias do sul. O ferreiro não se metia nas relações de sua esposa com Deus — depois do trabalho, ele ia para uma taberna perto de um matadouro e lá, bebericando vinho rosado barato, escutava com docilidade o que as pessoas falavam — sobre o preço do gado e sobre política.

Em altura e força, os filhos puxaram a mãe. Dois deles, quando cresceram, foram lutar nas guerrilhas. O mais velho foi morto perto de Voznessénski, o outro Brutman, Semion, entrou para a divisão vermelha dos cossacos, sob o comando de Primakov. Foi escolhido para ser comandante de um regimento cossaco. Com ele e mais alguns jovens de periferia, teve início aquela raça inesperada de espadachins, cavalarianos e guerrilheiros judeus.

O terceiro filho virou ferreiro, por herança. Trabalha na fábrica de arados Guen, como se fazia antes. Não casou nem teve filhos.

Os filhos de Semion vagavam para um lado e para o outro com sua divisão. A velha precisava de um neto a quem pudesse falar de Baal-Shem. Ela esperava um neto da filha mais jovem, Pólia. Em toda a família, só ela puxou ao pai, Ioina. Era assustada, míope, de pele fina. Muitos homens queriam casar com ela. Pólia escolheu Óvsia Bielotserkóvski. Nós não entendemos aquela escolha. Ainda mais surpreendente foi a notícia de que os dois jovens viviam felizes. A mulher é a dona de sua casa: gente de fora não vê como os pratos são quebrados. Mas ali quem quebrou os pratos foi o Óvsia Bielotserkóvski. Um ano depois do casamento, ele denunciou à justiça sua sogra, Brana Brutman. Aproveitando que Óvsia estava em missão e que Pólia tinha ido ao hospital para tratar de uma inflamação no peito, a velha raptou o neto recém-nascido, levou-o ao ajudante de cirurgião Naftulá Guértchin e lá, em presença de dez escombros, dez velhos mendigos caducos, frequentadores da sinagoga hassídica, foi feita a cerimônia de circuncisão com o bebê.

A notícia só chegou a Óvsia Bielotserkóvski após seu retorno. Óvsia estava inscrito como candidato ao partido. Ele resolveu pedir conselho ao secretário da célula do Comitê de Comércio, Bitchatch.

— Você foi moralmente manchado — disse Bitchatch.
— Tem de levar o assunto adiante...

A procuradoria de Odessa resolveu organizar um julgamento exemplar na fábrica Petróvski. O auxiliar de cirurgião Naftulá Guertchik e Brana Brutman, de sessenta e dois anos, ocuparam o banco dos réus.

Em Odessa, Naftulá era um patrimônio da cidade semelhante ao monumento ao duque de Richelieu.* Ele passava diante de nossas janelas na rua Dálnitskaia, com sua bolsa de obstetra surrada e sebenta na mão. Na bolsa estavam guardados seus instrumentos rústicos. Dali retirava ora um canivete, ora uma garrafa de vodca e um bolinho de mel e gengibre. Farejava o bolinho antes de beber e depois fazia preces. Era ruivo, o Naftulá, o mais ruivo homem da terra. Depois de cortar o que devia ser cortado, ele não sugava o sangue através de um tubo de vidro, mas sim o chupava com os próprios lábios torcidos. O sangue se espalhava pela barba eriçada. Recebia as visitas meio embriagado. Os olhinhos de urso brilhavam de alegria. Ruivo, o mais ruivo dos homens na terra, abençoava a bebida com sua voz fanhosa. Naftulá vertia com uma mão a vodca no poço sinuoso, peludo e ardente que era a boca e, com a outra mão, segurava um prato. Nele, jazia um canivete, manchado com o sangue do bebê, e um pedaço de gaze. Para recolher o dinheiro, Naftulá corria o prato pelos visitantes, se enfiava no meio das mulheres, se debruçava sobre elas, apertava seus peitos e esbravejava para a rua inteira:

— Mães gordas — bradava o velho, faiscando os olhos de coral. — Façam uns meninos para o Naftulá, triturem trigo em suas barrigas, se esforcem para o Naftulá... Façam uns meninos, mães gordas...

Os maridos jogavam dinheiro em seu prato. As esposas enxugavam o sangue de sua barba com um lenço. As

---

* Emigrado francês na Rússia no tempo de Napoleão. Foi governador de Odessa.

casas das ruas Glúkhaia e Gospitálnaia não empobreciam. Fervilhavam de crianças, como ovas de peixe na desembocadura de um rio. Naftulá passava com sua bolsa, como um coletor de impostos. O procurador Orlov deteve Naftulá durante sua ronda.

O procurador trovejava do alto de sua cátedra, tentando provar que o auxiliar de cirurgião era um servidor do culto.

— O senhor acredita em Deus? — perguntou para Naftulá.

— Que creia em Deus quem apostou dois mil rublos no jogo — respondeu o velho.

— Não ficou surpreso com a chegada da cidadã Brutman numa hora tão tardia, debaixo de chuva, com um recém-nascido nos braços?...

— Fico surpreso — disse Naftulá — quando um homem faz alguma coisa de maneira humana, mas quando faz loucuras e bobagens, não fico surpreso...

Essas respostas não satisfizeram o procurador. A conversa passou para o tubo de vidro. O procurador mostrou que, ao chupar o sangue com os lábios, o réu sujeitava as crianças ao risco de uma infecção. A cabeça de Naftulá — o coco desgrenhado que era sua cabeça — pendeu para baixo até quase tocar no chão. Ele suspirava, fechava os olhos e enxugava com o punho a boca, que babava.

— O que o senhor está murmurando, cidadão Guértchik? — peguntou o juiz.

Naftulá cravou o olhar apagado no procurador Orlov.

— O falecido monsieur Zusman — disse ele, suspirando —, o falecido pai do senhor, tinha uma cabeça como não se encontra outra igual no mundo todo. E, graças a Deus, ele não teve nenhuma apoplexia quando, trinta anos atrás, me chamou para circuncidar o senhor. E agora estamos vendo que o senhor virou um grande homem no poder soviético e Naftulá não tirou, junto com aquele pedacinho à toa, nada de que o senhor mais tarde tenha sentido falta...

Pestanejou seus olhinhos de urso, balançou o coco ruivo e ficou calado. A resposta àquilo foi uma fuzilaria de risos, trovejantes salvas de gargalhadas. Orlov, Zusman de nascimento, abanava os braços, gritava algo que, sob o canhoneio, era impossível escutar. Exigia que ficasse registrado na ata que... Sacha Svetlov, cronista do *Notícias de Odessa*, lhe mandou um bilhete da cabine de imprensa: "Você é um carneirinho, Sióma", dizia o bilhete. "Mate-o com ironia, mate só com o ridículo... Teu Sacha."

A sala ficou em silêncio quando trouxeram a testemunha Bielotserkóvski.

A testemunha repetiu seu depoimento escrito. Era esguio, estava de culotes e botas de cavalariano. Segundo as palavras de Óvsei, os comitês do partido em Tiráspol e em Balta lhe prestaram todo auxílio no trabalho de providenciar o fornecimento de bagaço para ração. No auge do trabalho com as provisões, ele recebeu um telegrama comunicando o nascimento do filho. Depois de consultar o presidente do comitê de Balta, para não interromper o trabalho com as provisões, Óvsiei resolveu limitar-se a mandar um telegrama de congratulações, mas só voltou para casa dali a duas semanas. Ao todo, foram reunidos, na região, sessenta e quatro mil *pud* de bagaço para ração. Em casa não achou ninguém, exceto a testemunha Khártchenko, um vizinho, cuja profissão era lavar roupas, e o filho. Sua esposa estava no hospital e a testemunha Khártchenko, balançando o berço, um costume em desuso, cantava uma musiquinha para o bebê. Conhecendo a testemunha Khártchenko como um alcoólatra, Óvsiei não considerou necessário entender as palavras da canção, mas só se surpreendeu porque chamava o menino de Yankel, quando ele tinha indicado que o filho devia se chamar Karl, em homenagem ao mestre Karl Marx. Desembrulhou o menino e se convenceu de seu infortúnio.

O procurador formulou algumas perguntas. A defesa comunicou que não tinha perguntas. Um funcionário do tribunal chamou a testemunha Polina Bielotserkóvskaia. Claudicante, ela se aproximou da barra do tribunal. O espasmo azulado da maternidade recente torcia seu rosto, na testa havia gotas de suor. Conferiu com o olhar o pequeno ferreiro, que estava todo arrumado, como num dia de festa — de gravata-borboleta e sapatos novos, rosto bronzeado de mãe, com bigodes grisalhos. A testemunha Bielotserkóvskaia não respondeu à pergunta sobre o que sabia acerca do caso em questão. Disse que seu pai era um homem pobre, trabalhou durante quarenta anos numa oficina de ferreiro, na estrada de Balta. A mãe dera à luz seis filhos, dos quais três morreram, um era comandante vermelho, o outro trabalhava na fábrica de Guen.

— Mamãe é muito devota, isso todo mundo vê, ela sempre sofreu porque os filhos não são religiosos e não consegue suportar a ideia de que os netos não serão judeus. É preciso prestar atenção ao tipo de família de que veio minha mãe... Todo mundo conhece o povoado de Medjiboj, as mulheres lá até hoje usam perucas...

— Conte, testemunha — interrompeu-a uma voz ríspida. Polina calou-se, gotas de suor coloriram de vermelho sua testa, o sangue parecia transpirar da pele fina. — Conte, testemunha — repetiu a voz que pertencia ao antigo assessor do procurador, Samuel Lining...

Se hoje em dia existisse o sinédrio,* Lining seria seu chefe. Mas não, o sinédrio não existe, e Lining, que aos vinte e cinco anos tinha aprendido a ler em russo, em sua quarta década de vida começou a redigir para o Senado petições de cassação que em nada diferiam de tratados sobre o Talmude...

O velho dormiu durante todo o julgamento. Seu paletó estava coberto de cinzas. Acordou ao ver Pólia Bielotserkóvskaia.

— Conte, testemunha — a fileira azul de seus dentes de

---

* Supremo tribunal da antiga lei judaica.

peixe se deslocou e eles começaram a estalar. — A senhora sabia da decisão do marido de dar ao filho o nome de Karl?
— Sim.
— Como sua mãe chamou o menino?
— Yankel.
— E a senhora, testemunha, como chama seu filho?
— Chamo de "fofura".
— Por que especificamente fofura?
— Chamo todas as crianças de fofura...
— Vamos em frente — disse Lining, seus dentes escapuliram, ele os agarrou com o lábio inferior e enfiou de novo na boca. — Vamos em frente... À noite, quando o bebê foi levado ao réu Guértchik, a senhora não estava em casa, estava numa clínica... Minha explicação está correta?
— Eu estava numa clínica.
— Em que clínica a senhora foi atendida?
— Na rua Niéjinskaia, com o dr. Drizó...
— Foi atendida pelo dr. Drizó...
— Sim.
— A senhora se lembra bem disso?
— Como posso não lembrar?...
— Quero apresentar ao tribunal um documento — o rosto sem vida de Lining ergueu-se acima da mesa. — Neste documento, o tribunal verá que no período de tempo de que estamos falando o dr. Drizó se encontrava ausente, num congresso de pediatras em Khárkov...
O procurador não protestou contra a apresentação do documento.
— Vamos em frente — falou Lining, enquanto os dentes tremiam.
A testemunha recostou o corpo todo na barra do tribunal. Mal se ouviu seu sussurro.
— Talvez não fosse o dr. Drizó — disse ela, recostada na barra do tribunal. — Não consigo lembrar tudo, estou esgotada...
Ao mesmo tempo que penteava a barba amarela com

um lápis, Lining esfregava as costas recurvas no banco e movia os dentes postiços.

Quando pediram que mostrasse o boletim médico da consulta, Bielotserkóvskaia respondeu que tinha perdido...

— Vamos em frente — disse o velho.

Polina levou a palma da mão à testa. O marido estava sentado na ponta do banco, separado das demais testemunhas. Estava com as costas retas, as pernas compridas dobradas por baixo do banco, metidas em botas de cavalaria... O sol batia em seu rosto, recheado com as traves dos ossos miúdos e malvados.

— Vou achar o boletim médico — sussurrou Polina e suas mãos escorregaram da barra.

Um choro infantil irrompeu naquele instante. Atrás da porta, um bebê chorava e gemia.

— Onde anda sua cabeça, Pólia? — exclamou o velho, com voz grave. — Desde a manhã o bebê não mama, o bebê está estourando de tanto berrar...

Os soldados estremeceram, seguraram com força os fuzis. Polina deslizava cada vez mais para baixo, a cabeça se inclinou e se apoiou no chão. Os braços decolaram, se agitaram no ar e baixaram.

— Intervalo — gritou o juiz.

Um tumulto irrompeu na sala. Com um brilho em suas concavidades verdes, Bielotserkóvski se aproximou da esposa em passos de cegonha.

— Amamente o bebê — gritaram nas fileiras de trás, com as mãos na boca em forma de megafone.

— Já estão amamentando — respondeu uma voz de mulher, mais longe. — Estavam esperando você...

— A moça está envolvida — disse um operário sentado a meu lado. — A moça está metida no bolo...

— Coisa de família, irmão — falou seu vizinho. — É um negócio noturno, sombrio... O que se enrola de noite, não se desenrola de dia...

O sol, com raios oblíquos, retalhava a sala. A multidão

espremida se movia aos esbarrões, respirava fogo e suor. Usando os cotovelos, alcancei o corredor. A porta da sala de leitura estava entreaberta. De lá dava para ouvir o barulho do choro e da mastigação de Karl-Yankel. Na sala de leitura havia um retrato de Lênin na parede, aquele em que faz um discurso num carro blindado na praça da estação Finlândia; o retrato era rodeado por diagramas coloridos da fábrica Petróvski. Ao longo da parede havia bandeiras e fuzis em bancadas de madeira. Uma trabalhadora com feições de quirguiz, com a cabeça inclinada, amamentava Karl-Yankel. Era um bebê gorducho, de cinco meses, meias de tricô e uma touca branca na cabeça. Apertado à quirguiz, ele grunhia e, com os punhos cerrados, dava murros no peito de sua ama de leite.

— Estão fazendo essa gritaria à toa... — disse a quirguiz. — Sempre aparece alguém para amamentar...

Na sala andava também uma mocinha de uns dezessete anos, de lencinho vermelho e bochechas estufadas como galos na testa de uma criança. Ela estava enxugando o lençol impermeável de Karl-Yankel.

— Vai ser soldado — disse a mocinha. — Olha só como briga...

A quirguiz, afastando-se aos poucos, retirou o mamilo da boca de Karl-Yankel. Ele grunhiu e, em desespero, inclinou para trás a cabeça com a touca branca... A mulher desembrulhou o outro peito e deu para o menino. Ele olhou para o mamilo com os olhinhos turvos e algo cintilou dentro deles. A quirguiz observava Karl-Yankel de cima, com os olhos pretos.

— Soldado para quê? — disse ela, ajeitando melhor a touca do menino. — Vai ser aviador para a gente, vai voar pelo céu...

Na sala do tribunal, a sessão recomeçou.

O combate agora se dava entre o procurador e os peritos que apresentaram uma conclusão evasiva. O promotor público se levantou e bateu com o punho cerrado na mesa.

Na primeira fileira da plateia, vi os *tsadik* da Galícia, com os gorros de castor sobre os joelhos. Tinham vindo ao julgamento, no qual, segundo as palavras dos jornais de Varsóvia, iriam julgar a religião judaica. O rosto dos rabinos sentados na primeira fila pairava no brilho poeirento e tempestuoso do sol.

— Abaixo — gritou um membro da Juventude Comunista, que havia conseguido chegar perto.

O combate ficou mais aceso.

Karl-Yankel, olhando fixamente para mim, com ar alheio, sugava o peito da quirguiz.

Da janela voavam as ruas retas, gastas pelos pés de minha infância e juventude — a Púchkinskaia ia até a estação, a Malo-Arnaútskaia desembocava no parque e no mar.

Cresci nessas ruas, agora era a vez de Karl-Yankel, mas por mim não brigaram como agora brigam por ele, pouca gente se importava comigo.

— Não é possível — sussurrei para mim mesmo — que você não seja feliz, Karl-Yankel... Não é possível que você não seja mais feliz do que eu...

O despertar

Todo mundo de nosso grupo — mascates, lojistas, funcionários de banco e de escritórios de empresas de navegação — fazia os filhos estudarem música. Nossos pais, não vendo saída para mim, inventaram uma loteria. Nessa loteria, tiravam a sorte com os ossinhos dos filhos menores. Odessa estava possuída por essa loucura mais do que as outras cidades. Na verdade, durante décadas nossa cidade apresentou crianças prodígio nos palcos das salas de concerto do mundo. De Odessa saíram Mischa Elman, Zimbalist, Gabrilówitsch e, entre nós, começava a despontar Jascha Heifetz.

Quando um menino completava quatro ou cinco anos, a mãe levava essa criatura minúscula e doentia ao sr. Zagúrski. Ele dirigia uma fábrica de crianças prodígio, uma fábrica de anões judeus, de colarinhos de renda e sapatos de verniz. Ele os procurava nos casebres de Moldavanka, nos pátios malcheirosos do Mercado Velho. Zagúrski dava a primeira orientação, depois as crianças eram encaminhadas ao professor Auer em Petersburgo. Na alma daqueles malandros de cabeças azuis e inchadas habitava uma harmonia poderosa. Viravam virtuoses afamados. E então meu pai resolveu fazer a mesma coisa. Eu tinha passado da idade de criança prodígio — já tinha feito treze anos —, mas, pela altura e fragilidade, podia ser confundido com um menino de oito anos. E nisso residiam todas as esperanças.

Fui levado à casa de Zagúrski. Por respeito a meu avô, ele aceitou me admitir por um rublo a aula — um preço barato. Meu avô, Leivi-Itskhok, era o grande objeto de riso na cidade, mas também seu ornamento. Perambulava pelas ruas de cartola e sapatos furados e sanava as dúvidas dos assuntos mais obscuros. Perguntavam a ele o que era um gobelino, por que os jacobinos traíram Robespierre, como se fabrica seda artificial, o que é uma cesariana. Meu avô era capaz de responder essas perguntas. Por respeito à sua erudição e à sua demência, Zagúrski me aceitou como aluno por um rublo a aula. E se dedicava a mim por temor ao vovô, pois sua dedicação era inútil. As notas rastejavam de meu violino como limalhas de ferro. Aquelas notas rasgavam meu próprio coração, mas papai não desistia. Em casa, só se falava de Mischa Elman, que tinha sido dispensado do serviço militar pelo próprio tsar. Zimbalist, segundo as informações de meu pai, tinha se apresentado ao rei da Inglaterra e tocava no palácio de Buckingham; os pais de Gabrilówitsch tinham comprado duas casas em Petersburgo. Crianças prodígio traziam riqueza para os pais. Meu pai podia até se conciliar com a pobreza, mas precisava da fama.

— Não pode ser — sussurravam as pessoas que almoçavam às custas dele. — Não é possível que o neto de tal avô...

Mas eu tinha opinião diferente. Ao tocar os exercícios de violino, na estante de partituras eu colocava livros de Turguêniev e de Dumas e, enquanto limava as cordas, devorava as páginas uma depois da outra. De dia, eu contava histórias inventadas para os meninos da vizinhança; à noite, transpunha aquilo para o papel. A escrita era uma atividade hereditária em nossa família. Leivi-Itskhok, que enlouqueceu de velhice, escreveu durante toda a vida uma novela intitulada "Um homem sem cabeça". Eu puxei a ele.

Carregando o estojo e as partituras, eu me arrastava três vezes por semana até a rua Witte, antiga Dvoriánskaia, para ir à casa de Zagúrski. Lá, sentadas ao longo da parede, mulheres judias aguardavam sua vez, histéricas de entusiasmo.

Elas espremiam contra os joelhos frágeis violinos que, em suas dimensões, superavam aqueles que deviam tocar no palácio de Buckingham.

A porta do santuário abria. Do gabinete de Zagúrski, trôpegas, saíam crianças cabeçudas, sardentas, de pescoço fino como o caule de uma flor e com um rubor epilético nas faces. A porta fechava com um estalo e engolia o anão seguinte. Atrás da parede, se esgoelando, com cachos ruivos e pernas líquidas, o professor cantava e regia com seu arco. Diretor da loteria monstruosa, ele povoava Moldavanka e os becos obscuros do Mercado Velho com espectros de pizzicatos e cantilenas. Depois, aqueles solfejos alcançavam um esplendor diabólico, graças ao velho professor Auer.

Eu nada tinha a ver com aquela seita. Anão como eles, na voz de meus antepassados discerni outra sugestão.

Para mim, foi difícil dar o primeiro passo. Certa vez, saí de casa abraçado ao estojo do violino, às partituras e a doze rublos — o dinheiro para um mês de aulas. Segui pela rua Niéjinskaia, tinha de dobrar na rua Dvoriánskaia para chegar à casa de Zagúrski, mas em vez disso subi pela rua Tiráspolskaia e fui dar no porto. As três horas que me cabiam voaram ligeiro no porto Praktítcheskaia. Assim teve início a libertação. A sala de espera de Zagúrski nunca mais me viu. Assuntos muito mais importantes ocupavam meus pensamentos. Eu e meu colega de estudos Nemánov costumávamos subir a bordo do navio *Kensington* e visitar um velho marinheiro chamado mister Trottyburn. Nemánov era um ano mais jovem do que eu e desde os oito anos se dedicava ao complexo comércio do mundo. Era um gênio do comércio e cumpria tudo que prometia. Hoje é milionário em Nova York, diretor da General Motors Co., empresa tão poderosa quanto a Ford. Nemánov me arrastava junto porque eu obedecia calado. Nemánov comprava do mister Trottyburn cachimbos contrabandeados. Um irmão do velho marinheiro torneava os cachimbos em Lincoln.

— Cavalheiros — nos dizia mister Trottyburn. — Guardem bem minhas palavras, é preciso fazer os filhos com nossas próprias mãos... Fumar um cachimbo fabricado em série é o mesmo que pôr um clister na boca... Sabem quem foi Benvenuto Cellini? Foi um mestre. Meu irmão em Lincoln poderia falar com vocês sobre ele. Meu irmão não atrapalha a vida de ninguém. Só que está convencido de que é preciso fazer os filhos com nossas próprias mãos e não com as mãos de outras pessoas... E não podemos deixar de concordar com ele, cavalheiros...

Nemánov vendia os cachimbos de Trottyburn a diretores de banco, cônsules estrangeiros, gregos ricos. Obtinha com eles cem por cento de lucro.

Os cachimbos do artesão de Lincoln respiravam poesia. Em cada um deles estava embutido um pensamento, uma gota de eternidade. No bocal, reluzia um olhinho amarelo, os estojos eram forrados de cetim. Eu tentava imaginar como vivia na velha Inglaterra Matthew Trottyburn, o último artesão de cachimbos, que resistia à marcha das coisas.

— Não podemos deixar de concordar, cavalheiros, que é preciso fazer os filhos com nossas próprias mãos...

As ondas pesadas do dique me afastavam cada vez mais de nossa casa, que cheirava à cebola e ao destino judeu. Do porto Praktítcheskaia, passei para o outro lado do quebra-mar. Lá, numa faixa do banco de areia, ficavam os meninos da rua Primórskaia. De manhã à noite, sempre sem calça, mergulhavam por baixo das barcaças, roubavam cocos para almoçar e esperavam a hora em que chegavam as lanchas de Kherson e Kamenka trazendo melancias, que eles podiam partir nas pedras do cais.

Meu sonho agora era aprender a nadar. Tinha vergonha de admitir para aqueles meninos bronzeados que eu, tendo nascido em Odessa, até os dez anos de idade não tinha visto o mar e, aos catorze, não sabia nadar.

Como demorei a aprender as coisas importantes! Na infância, amarrado ao Gemara,* levei a vida de um sábio e, quando fiquei adulto, comecei a trepar nas árvores.

A capacidade de nadar se revelou algo inatingível. O medo da água de todos os ancestrais — rabinos espanhóis e cambistas de Frankfurt — me puxava para o fundo. A água não me sustentava. Fustigado, derramado pela água salgada, eu voltava para a praia — para o violino e as partituras. Estava amarrado às armas de meu crime e as arrastava comigo. A luta dos rabinos contra o mar continuou até o dia em que o deus da água daquele tempo — o revisor do jornal *Notícias de Odessa*, Efim Nikítitch Smólitch — teve pena de mim. No peito atlético daquele homem habitava a compaixão pelos meninos judeus. Ele capitaneava multidões de malandros raquíticos. Nikítitch os arrebanhava nos ninhos de percevejo de Moldavanka, os levava para o mar, os enterrava na areia, fazia ginástica com eles, mergulhava com eles, ensinava canções e, queimando-se sob os raios verticais do sol, contava histórias de pescadores e de bichos. Aos mais velhos, Nikítitch explicava que era um filósofo naturalista. As crianças judias morriam de rir com as histórias de Nikítitch, ganiam e se aconchegavam a ele como cachorrinhos. O sol os borrifava com sardas, sardas da cor de lagartixas.

O velho observava em silêncio, e de esguelha, minha luta corpo a corpo com as ondas. Ao ver que não havia esperanças e que eu não ia aprender a nadar, me incluiu no número daqueles que moravam em seu coração. Lá, seu coração estava sempre conosco — seu coração alegre nunca se mostrava superior nem avarento nem alarmado... Com ombros de cobre, cabeça de um gladiador envelhecido, pernas bronzeadas e meio tortas, ele se deitava entre nós, atrás do quebra-mar, como o soberano daquelas águas de melancias e de querosene. Eu me apaixonei por

---

* Livro que faz parte do Talmude. (N. T.)

aquele homem como só um menino afetado pela histeria e com dores de cabeça pode se apaixonar por um atleta. Não me afastava dele e tentava ser útil.

Ele me dizia:

— Não se afobe... Fortifique seus nervos, a natação vai vir sozinha... Como é que pode a água não sustentar você?... Por que é que ela não vai sustentar você?

Vendo como eu era apegado a ele, Nikítitch abriu uma exceção para mim, entre todos seus alunos, e me convidou para ir à sua casa, um sótão limpo e espaçoso, com esteiras, mostrou-me os cachorros, o ouriço, a tartaruga e os pombos. Em troca de tais riquezas, levei para ele a tragédia que eu tinha escrito na véspera.

— Bem que eu imaginava que você andava escrevendo — disse Nikítitch. — Tem esse jeito de olhar... Não olha para mais nenhum lugar...

Leu meu texto, encolheu o ombro, passou a mão pelos cachos grisalhos e duros, andou pelo sótão.

— É preciso reconhecer — falou arrastando a frase, fazendo uma pausa após cada palavra — que você tem a centelha divina...

Fomos para a rua. O velho se deteve, bateu com força a bengala na calçada e me olhou fixamente.

— O que falta a você? A adolescência não é nenhuma desgraça, passa com os anos... O que você não tem é o sentimento da natureza.

Apontou com a bengala para uma árvore de tronco avermelhado e copa baixa.

— Que árvore é aquela?

Eu não sabia.

— O que cresce naquele mato?

Eu também não sabia. Caminhamos por um jardinzinho na avenida Aleksándrovski. O velho batia com a bengala em todas as árvores, me agarrava pelo ombro quando um passarinho cantava e me obrigava a escutar cantos distintos.

— Que passarinho está cantando?

Eu não sabia responder nada. O nome das árvores e dos pássaros, sua classificação em espécies, para onde as aves voam, de que lado o sol nasce, quando o orvalho é mais forte — tudo isso era desconhecido para mim.

— E você ainda tem a audácia de escrever?... O homem que não vive na natureza como vive uma pedra ou um bicho não vai escrever, em toda sua vida, nem duas linhas que valham a pena... Suas paisagens parecem descrições de uma decoração. Que o diabo me carregue, mas, afinal, em que ficaram pensando seus pais durante catorze anos?

Em que ficaram pensando? Em letras protestadas, nas mansões de Mischa Elman... Não contei nada disso para Nikítitch, fiquei mudo.

Em casa — durante o jantar —, não toquei na comida. Ela não passava pela garganta.

"O sentimento da natureza", pensei. "Meu Deus, por que isso não passou pela minha cabeça... Onde arranjar uma pessoa que me ensine os cantos dos pássaros e os nomes das árvores?... O que sei sobre eles? Eu até sei reconhecer um lilás, e isso só quando está florido. O lilás e a acácia. As ruas Deribássovskaia e Grétcheskaia têm acácias plantadas..."

Durante o jantar, papai contou uma história nova sobre Jascha Heifetz. Antes de chegar a Robin, papai encontrou Mendelson, tio de Jascha. Acontece que o menino está ganhando oitocentos rublos por apresentação. Faça as contas: quanto ele ganha por quinze concertos ao mês?

Fiz a conta — ganhava doze mil por mês. Enquanto fazia a multiplicação e retinha o número quatro na mente, olhei para a janela. Pelo pequeno pátio cimentado, numa capa ligeiramente bufante, com cachinhos ruivos que escapuliam por baixo do gorro mole, apoiando-se na bengala, caminhava o sr. Zagúrski, meu professor de música. Não se pode dizer que deu pela minha falta cedo demais. Já haviam passado mais de três meses desde que meu violino afundara na areia do quebra-mar...

Zagúrski se aproximou da porta da frente. Esquivei-me para a porta dos fundos — na véspera, tinha sido pregada com tábuas, por medo de ladrões. Então me tranquei no banheiro. Meia hora depois, a família toda tinha se juntado na frente da porta. As mulheres choravam. Bobka esfregava o ombro gordo na porta e se sacudia de soluços. Papai estava calado. Quando começou a falar, foi numa voz tão baixa e arrastada como nunca havia falado na vida.

— Sou um oficial — disse papai. — Possuo uma propriedade. Vou caçar. Os mujiques me pagam renda. Pus meu filho na escola de cadetes. Não tenho motivo para me preocupar com meu filho...

Calou-se. As mulheres fungavam. Depois, uma pancada tremenda desabou sobre a porta do banheiro, papai começou a se jogar contra ela com o corpo inteiro, tomava impulso e batia.

— Sou um oficial — esbravejava —, saio para caçar... Vou matá-lo... É o fim...

Um gancho se soltou da porta, ainda havia o ferrolho, estava seguro só por um prego. As mulheres rolavam pelo chão, agarravam os pés do papai; enlouquecido, ele se desvencilhava. Com o alarido, apareceu a velha — a mãe de meu pai.

— Meu filho — disse ela, em hebraico. — Nossa desgraça é grande. Ela não tem limites. Em nossa casa só faltava o sangue. Não quero ver sangue em nossa casa...

Papai começou a gemer. Ouvi seus passos se afastando. O ferrolho pendia preso ao último prego.

Fiquei em minha fortaleza até a noite. Quando todos se deitaram, a tia Bobka me levou para a casa da vovó. O caminho foi longo. O luar coagulava em arbustos desconhecidos, em árvores sem nome... Um pássaro invisível deu um pio e se extinguiu, talvez tenha adormecido... Que pássaro é esse? Como se chama? Será que o orvalho cai ao anoitecer? Onde fica a constelação da Ursa Maior? De que lado nasce o sol?...

Caminhávamos pela rua Pochtóvaia. Bobka me segurava com força pela mão, para eu não fugir. E tinha razão. Eu pensava numa fuga.

Outras leituras

OBRAS DE ISAAC BÁBEL

O exército de cavalaria. Trad. Aurora Bernardini e Homero Freitas de Andrade. São Paulo: Cosac Naify, 2006.
No campo da honra e outros contos. Trad. Nivaldo dos Santos. São Paulo: Ed. 34, 2014.
The Complete Works of Isaac Babel. Nova York: W. W. Norton, 2005.

SOBRE BÁBEL E SEU TEMPO

BLOOM, Harold (org.). *Isaac Babel (Bloom's Modern Critical Views)*. Nova York: Infobase, 1987.
PIROZHKOVA, A. N. *At His Side: The Last Years of Isaac Babel*. Hanover: Steerforth, 1998.
SCHNAIDERMAN, Bóris. *Os escombros e o mito: A cultura e o fim da União Soviética*. São Paulo: Companhia das Letras, 1997.

LEIA MAIS PENGUIN-COMPANHIA
CLÁSSICOS

Anton Tchékhov

A estepe

Tradução e introdução de
RUBENS FIGUEIREDO

Com *A estepe*, pela primeira vez Anton Tchékhov, aos vinte e oito anos e já com vasta quilometragem como colaborador de jornais e revistas literárias, tentou produzir uma narrativa mais extensa. Tarefa desafiadora mas, como se lê hoje, bem-sucedida.

O subtítulo — *História de uma viagem* — parece sintetizar a situação central: a viagem de um menino que parte para estudar em outra cidade e, para isso, percorre alguns dias a vasta estepe russa. Mas também apresenta o caráter múltiplo do texto: um relato da experiência, uma narrativa ficcional, um estudo de tipos humanos, a pintura da natureza, além de retratos das atividades econômicas, das relações sociais e das mudanças de comportamento em curso.

O russo Anton Tchékhov (1860-1904) escreveu contos, narrativas e algumas das mais sutis e penetrantes observações psicológicas do teatro ocidental em textos como *A gaivota*, *As três irmãs* e *O jardim das cerejeiras*.

WWW.PENGUINCOMPANHIA.COM.BR

LEIA MAIS PENGUIN-COMPANHIA
CLÁSSICOS

Liev Tolstói

Os últimos dias de Tolstói

Tradução de
ANASTASSIA BYTSENKO, BELKISS J. RABELLO,
DENISE REGINA DE SALLES,
NATALIA QUINTERO E GRAZIELA SCHNEIDER
Coordenação editorial de
ELENA VASSINA
Introdução de
JAY PARINI

Em sua juventude, Liev Tolstói (1828-1910) levava uma vida notavelmente desregrada. Dado a frequentar bordéis, fã do jogo e da bebida, o aristocrático herdeiro de vastas propriedades no Volga não chegou a concluir os cursos de direito e letras orientais da Universidade de Kazan. Autor de romances como *Anna Kariênina* (1878) e *Guerra e paz* (1869), Tolstói já era comparado a gigantes como Goethe e Shakespeare quando se inicia a crise espiritual que culminaria na publicação de *Uma confissão* (1882), livro-chave de sua conversão mística.

Escritos a partir dessa data decisiva, os textos reunidos em *Os últimos dias de Tolstói* incluem cartas, contos, fábulas morais, trechos de diários e textos filosóficos, bem como ensaios críticos e políticos. Traduzidos pela primeira vez diretamente do russo para o português, e com prefácio de um dos maiores estudiosos da obra de Tolstói, essa coletânea de textos ilumina a fascinante personalidade criadora de um dos maiores gênios da literatura universal.

WWW.PENGUINCOMPANHIA.COM.BR

LEIA MAIS PENGUIN-COMPANHIA
CLÁSSICOS

Alexis de Tocqueville

Lembranças de 1848

As jornadas revolucionárias em Paris

Tradução de
MODESTO FLORENZANO

O ano é 1848. Ao longo de um inverno particularmente rigoroso, agitações políticas e sociais espalham-se pela França. A população de Paris, centro nevrálgico da monarquia, subleva-se no final de fevereiro, forçando a abdicação e a fuga do rei Luís Filipe. Uma forte reação conservadora, porém, logo se impõe no governo republicano e na nova Assembleia Constituinte. No mês de junho, dezenas de milhares de operários levantam barricadas na primeira revolução socialista moderna, cuja repressão implacável resulta na morte de quase 5 mil pessoas.

Em *Lembranças de 1848*, Alexis de Tocqueville oferece à posteridade seu testemunho daquele momento crucial da história da França e de toda a Europa, reconstituindo com vividez os fatos e personagens do drama revolucionário de seu ponto de vista de cidadão, deputado e ministro do "partido da ordem" (como Marx denominou as forças reacionárias de então).

WWW.PENGUINCOMPANHIA.COM.BR

LEIA MAIS PENGUIN-COMPANHIA
CLÁSSICOS

J.-K. Huysmans
Às avessas

Tradução de
JOSÉ PAULO PAES

"Publicado pela primeira vez em 1884, *Às avessas* se consagrou de imediato como uma espécie de bíblia do decadentismo. E seu protagonista, Des Esseintes, passou a figurar desde então — ao lado de D. Quixote, de Madame Bovary, de Tristram Shandy — na galeria dos grandes personagens de ficção. Herói visceralmente baudelairiano pelo refinamento dos seus gostos, pelo seu ódio à mediania burguesa, pelo solitário afastamento em que dela timbrava em viver, pelo esteticismo e pela hiperestesia de que fazia praça, encarnava ele, melhor ainda que o Axel de L'Isle-Adam ou o Igitur de Mallarmé, os ideais de vida e de arte da geração simbolista, geração na qual a modernidade teve os seus mestres reconhecidos.

Aliás, *Às avessas* é um romance pioneiramente moderno. Reconheceu-o de modo implícito a crítica "oficial" de fins do século passado quando, vendo-o como um romance kamikaze que vinha lançar uma pá de cal sobre os postulados do naturalismo na prosa de ficção, contra ele investiu. Ao reclamar o novo a qualquer preço, ao propor uma filosofia do avessismo e ao abrir a forma romanesca às experimentações da prosa *art-nouveau*, a obra-prima de J.-K. Huysmans antecipou em muitos anos, quando mais não fosse, a óptica objetual do *nouveau roman*."

JOSÉ PAULO PAES

WWW.PENGUINCOMPANHIA.COM.BR

LEIA MAIS PENGUIN-COMPANHIA
CLÁSSICOS

Stephen Crane

O emblema vermelho da coragem
Um episódio da Guerra Civil Americana

Tradução de
SÉRGIO RODRIGUES
Prefácio de
GARY SCHARNHORST
Apresentação de
JOSEPH CONRAD

Um dos primeiros clássicos modernos da literatura norte-americana, *O emblema vermelho da coragem* foi também pioneiro ao retratar de maneira realista a Guerra Civil americana, do ponto de vista de um soldado jovem e inexperiente. O livro trata da história de Henry Fleming, um jovem que se alista no exército sonhando com grandes feitos e atos de coragem. Nas fileiras de combate, a história é outra, e Henry acaba fugindo do inimigo durante seu batismo de fogo. Esse momento de covardia lança Henry num espiral de autocomiseração e dúvida, conforme ele apela à sorte e ao instinto para sobreviver ao pesadelo da guerra.

Imortalizado no cinema por John Huston em *A glória de um covarde* — cujos bastidores a jornalista Lilian Ross investigaria no magistral *Filme*, livro-reportagem publicado pela Companhia das Letras —, o livro *O emblema vermelho da coragem* alçou seu autor ao cânone da literatura de guerra, e o consagrou entre os maiores escritores norte-americanos.

WWW.PENGUINCOMPANHIA.COM.BR

1ª EDIÇÃO [2015] 2 reimpressões

Esta obra foi composta em Sabon por RMSL
e impressa em ofsete pela Geográfica
sobre papel Pólen Soft da Suzano S.A.
para a Editora Schwarcz em abril de 2022

A marca FSC® é a garantia de que a madeira utilizada na fabricação do papel deste livro provém de florestas que foram gerenciadas de maneira ambientalmente correta, socialmente justa e economicamente viável, além de outras fontes de origem controlada.